Manon Fantou

LES CONFIDENTES

ROMAN

MERCVRE DE FRANCE

Ouvrage paru avec le concours de Marguerite Demoëte.

À Jean et Adèle

I

« Je venais de quitter le lycée et les copains, et je pensais souvent au dernier jour, Sarah. Nous avions tous mis nos blouses de physique-chimie bariolées de blagues au Bic et de dessins fluo. Avec tous les autres terminales, nous étions descendus, en masse, jusqu'à la plage. Je m'efforçais de sourire en levant les yeux vers mes amis. J'étais tétanisée. La mer était haute, la plage étroite. Je ne pouvais pas m'enfuir. Je n'avais que six œufs, deux dans les paumes et quatre dans les poches. *Neuf... Huit...* Le compte à rebours avait commencé. *Sept... Six...* Certains avaient des tonnes de farine, des bombes de mousse à raser... *Trois... Deux...* des sacs à dos... *Un...* Malo m'arrachait un œuf des mains et me l'explosait sur la tête. Puis il me poussait contre les autres, dans un immense pogo sous un nuage de farine. Je m'y abandonnais.

Nous avions perdu la guerre et il était trop tard pour rentrer réviser le bac. Nos cheveux étaient blancs, nos peaux couvertes de mousse Gillette séchée. Nous avons attendu que la nuit tombe sur la plage. La mer était descendue. Ils partiraient tous à Rennes en septembre, et moi à Paris. Je me blottissais contre leurs blouses.

Notre amitié avait été une évidence dès le départ, dès la classe de seconde. Nous nous étions tous croisés, et la complicité était déjà là. La tendresse avait suivi et était restée. Ç'avait été rapide, chaud et doux. Basile décollait une coquille de mon front en me disant au revoir. Je regardais sa bouche légèrement gonflée par son appareil dentaire, ses boucles blondes. Je n'étais pas sûre de vouloir partir.

J'avais passé trois ans à les connaître, et j'avais toujours besoin de les découvrir, de les toucher encore un peu. Je les avais tous désirés à un moment ou un autre, Sarah. Certains pendant de longs mois, d'autres le temps d'une soirée. En tout cas suffisamment pour goûter un baiser vodka-orange, pour mettre la langue avec eux, avec elle. Suffisamment pour le suivre, lui, un soir, dans une chambre à l'étage. Une chambre inconnue de nous deux et dont je ne me rappelle rien aujourd'hui, Sarah, si ce n'est l'obscurité, l'ivresse, et deux oreillers qui accueillaient nos gestes. Nous étions si jeunes. Et pourtant les caresses étaient si sûres, si déterminées ! Jusqu'à ce que je me ravise. Je me relevais subitement en touchant ma jupe (elle était toujours là), et repartais seule dans les escaliers.

Dans le salon, il n'y avait jamais personne. Seulement la musique qui résonnait fort, très fort. Chaque nuit, on passait en boucle l'album bleu du *Stadium Arcadium* des Red Hot. Tu traversais le salon une première fois pour aller aux toilettes sur « Wet Sand ». En courant, pour ne rien louper de la soirée. L'aventure était toujours dehors, cachée. Puis quand tu revenais, c'était « Dani California » qui passait, peut-être déjà pour la troisième fois. Et là tu te demandais, enfin non, tu implorais, tu interrogeais le Ciel (accroupie au-dessus des toilettes) pour savoir si oui ou non tu finirais par embrasser Quentin. Tu déboulais de nouveau dans le jardin, pour une durée qui te paraissait une poignée de secondes. En réalité, c'était des heures. Et quand tu revenais pour la troisième fois, les pieds nus et pleins de terre, tu n'étais plus en état d'entendre la musique. « She's Only 18 ». Tu avais oublié Quentin. Pierre t'avait embrassée dans l'herbe et t'attendait. Les lèvres encore mouillées, il était resté allongé, une bouteille à quelques centimes à la main. Et tu étais alors trop ivre pour te demander ce que vous feriez ensuite, pour t'en inquiéter. Tu ne tenais plus en équilibre au-dessus des toilettes. L'album était sûrement terminé désormais mais moi je ne m'en rendais jamais compte. D'autres s'en occupaient, réappuyaient sur *On*. Et c'était reparti pour quatorze titres. Mais on n'avait pas besoin d'eux finalement. « Snow (Hey Oh) », j'enfourchais un vélo. Tant pis pour le jardin. D'ailleurs Pierre était avec nous, sur la route. On roulait à quatre ou à cinq. J'ai l'impression qu'il y avait toujours une pluie fine qui tachait nos épaules et recouvrait la chaussée déserte. On roulait, on titubait. Jusqu'à la cale, jusqu'au sable, jusqu'aux vagues.

Un soir, je suis restée quelques secondes dans le salon vide, seule pour voir. Les murs tremblaient avec la musique. Je suis restée là, lourde, les pieds collés au sol.

Stoïque. Je me forçais à rester, à ne pas les rejoindre. Je laissais les basses s'emparer de mon ventre.

Car cette musique, Sarah, c'était la nôtre. Celle de l'été 2006, celle de l'été des copains. Celle de nos seize ans, de la canicule, du portail du lycée qu'on ignorait sur le chemin de la plage, des tristes paquets de gâteaux partagés près du plongeoir. C'était celle des rires, des nuits sur un fil, des retours difficiles en car, des sermons que les parents faisaient pour la forme. Des rires encore.

Mes copains du lycée, je me surprends toujours à les regarder, à me regarder avec eux. Je les vois encore, Sarah, douze ans plus tard. Je les vois comme je les regardais au premier été, lorsque je les retrouvais au fond du jardin. Je les vois toujours quand on s'assoit ensemble autour d'une table dans nos appartements parisiens, pendant ces soirées où l'on ne trinque jamais. Je les regarde lorsque nos corps, fatigués par le rythme effréné de nos premiers jobs, se relâchent une fois par an dans l'herbe. Ensemble. Sarah, quand je suis allongée près d'eux, je ne peux plus quitter la terre. Je reste contre le sol et laisse les feuilles mortes se perdre dans mes cheveux. Je regarde sur ma gauche : Basile a fermé les yeux. Je lève la tête et regarde derrière moi : Morgane aussi regarde le ciel. Sur nous, il n'y a que la lumière du dernier rayon de soleil. Je nous regarde heureux. J'observe encore leurs visages, Sarah, à chaque soirée, lorsqu'ils me rejoignent. Je regarde leurs mains qui m'ouvrent une bière avec un briquet, leurs yeux qui m'interrogent : *Et toi, ma Marie, en ce moment ?*

Et je voudrais un jour ne pas répondre, et ne poser

aucune question à mon tour. J'aimerais seulement leur dire que je les vois, que je les regarderai toujours... Bref, que je les aime ! »

Sarah observait son amie sortir sa première cigarette. Marie la portait à sa bouche, d'un air aussi nostalgique que malicieux. Elle expirait dans la cheminée en souriant.

« Je suis partie à Paris. J'adore la ville, mais j'y suis arrivée seule. Mon père a déchargé la voiture et a déposé mes trois cartons dans une pièce meublée. C'était désormais chez moi. Les quatre murs rapprochés devenaient ma maison. Mon père est vite reparti. Il a repris la route. Moi, j'ai scruté l'appartement pendant deux jours, deux ans. Deux années de classe préparatoire, cinq cents jours de vie de robot. Stressée, pâle. J'ai fondu. Je regardais matin et soir mon corps devant la glace qui était coincée entre la porte d'entrée (la seule porte du studio) et une étagère près de s'effondrer sous les livres à lire. J'avais toujours à la main une tasse de thé noir ou un stylo. J'écrivais à longueur de journée pour me réciter mes cours, pour apprendre sans décrocher, sans m'endormir. Il ne fallait jamais s'assoupir. Ils nous avaient dit que si l'on avait besoin de sept heures de sommeil quotidiennes, ce n'était pas la peine de s'inscrire. Moi je dormais au moins huit heures, comme avant, comme aujourd'hui. Ah, et je peux te dire que pendant ces deux années, me coucher et dormir – même sans rêver, on est d'accord ! – c'était mon seul réconfort. Avec celui de me laisser surprendre, au réveil, par mes nouvelles jambes affinées. Chaque soir, lorsque je me couchais, je les enduisais lentement d'une crème orangée qui embaumait mes draps. J'étais mince, enfin.

Il fallait absorber, apprendre, s'efforcer, retenir. Le matin, j'avais froid, mais ma tête, elle, était toujours chaude, en surtension. Elle retenait. Il fallait retenir.

Je faisais mes courses à l'euro près. Je lavais mon linge à la main, dans mon tout petit lavabo, pour éviter des dépenses disproportionnées au lavomatic. Un jour, mon père et moi, nous avons pris un verre dans le bar situé au rez-de-chaussée de mon immeuble. Tout en réglant, mon père a sorti un billet de cinquante euros, pour moi. Je le glissais dans ma poche en pensant aux dépenses que j'allais faire et aux dépenses passées. Cette somme était aussi importante que nécessaire. Une fois à l'appartement, j'ai réalisé que le billet n'était plus dans ma poche. Je vérifiai qu'il n'était pas dans mon portefeuille. Il n'y était pas. Ni par terre. Je suis descendue au bar sans véritable espoir. Le serveur était en train de nettoyer notre table. Je lui ai demandé, désespérée, s'il n'avait pas trouvé un billet de cinquante euros. Il a hésité un moment. Puis il m'a dit que oui, et donné le billet. Je lui avais sûrement fait un peu pitié. Je pense qu'aujourd'hui il ne me l'aurait pas rendu. En tout cas, moi, je ne me le rendrais pas. »

« Je me suis présentée aux épreuves la tête pleine, saturée. C'était en mai ou en juin 2010. J'avais vingt ans.

Mon corps était épuisé. Mon sac sous l'épaule, je gardais ma convocation à la main pour monter les cinq étages, les marches interminables recouvertes de carrelage froid. Retenir. Retenir. J'ai découvert alors la salle d'examen construite spécialement pour cette occasion, pour ces journées où les étudiants viennent dans un dernier jet achever deux ou trois années de bachotage, de khôlles, de par-cœur, d'oublis, de pleurs que l'on retient.

C'était une salle immense, tout en longueur, organisée en rangées interminables de tables individuelles. Avec des étiquettes. Des noms. Je trouvai le mien. J'avais des codes-barres à coller sur mes copies. Je contemplai alors la pendule accrochée au fond de la salle. 8 h 35. Il me restait vingt-cinq minutes pour reprendre mon souffle, aligner mes stylos, sortir ma bouteille d'eau sans la boire, et mon sachet de gâteaux que je n'étais pas sûre d'ouvrir avant la fin. Six heures de dissertation. Je regardai autour de moi.

J'avais envie de sourire à mes voisins, de rire un peu avec eux. Nous étions tous terrorisés. Des visages s'ouvraient, la plupart restaient fermés. C'était un concours. Les surveillants debout, tout au fond de la salle près du tableau vert, nous le rappelaient. Ils mettaient de l'ordre dans les quatre piles face à eux. Le sujet était sous leurs yeux, dans leurs mains. Est-ce que ce sera sur le roman, la poésie, le théâtre ? Peut-être sur l'autobiographie. Mais c'était tombé l'année dernière. J'arrêtais de regarder mes voisins. Certains avaient des têtes à tout savoir depuis longtemps.

8 h 55. La salle était pleine et silencieuse. Nous étions des centaines à attendre, les copies préremplies posées à l'angle des tables. Il ne restait plus que quelques minutes avant la distribution du sujet, avant le feu vert, avant les heures de réflexion, de brouillons, de plans, de rédaction. J'essayais de faire passer les dernières secondes en me frottant légèrement les mains. Mais j'avais terriblement envie de me toucher le ventre. Comme tout le monde, je fixais sagement la pendule en retenant mon souffle, comme je le pouvais. 8 h 58.

Et là, Sarah, nous avons tous sursauté.

Comme tout le monde, je me suis retournée.

Un étudiant avait claqué la porte derrière lui. Ses joues étaient toutes rouges. Il avait dû monter toutes les marches en courant. Je l'imaginais se débarrasser de ses draps en sursaut.

D'un pas à la fois nonchalant et rapide, il a avancé dans la salle, entre deux rangées sur ma droite. Il avait les cheveux longs et les yeux clairs. Il souriait.

J'ai pensé à Rimbaud, aux vagabonds, au Petit Prince.

Il ne semblait aucunement préoccupé par le concours, ni par le fracas qu'il venait de faire. Et j'aurais aimé pouvoir m'approcher de lui pour qu'il me le confirme. J'avais envie qu'il me raconte sa matinée, ses deux années de prépa, ses années d'avant. Je voulais lui parler des miennes, du lycée, de la cale et des vagues. J'avais envie d'en rire avec lui.

Il s'est assis à sa table sans l'avoir cherchée. Il était à quelques rangées, au même niveau que moi.

Certains ne l'avaient regardé qu'une seconde. Le temps de réaliser que c'était un étudiant en retard qui avait claqué la porte.

D'autres s'étaient accoudés un instant sur le dossier de leur chaise pour le regarder passer, pour sourire de celui qui avait failli arriver en retard le mauvais jour.

Moi, je le regardais encore. J'étais consciente que ma réaction à son entrée n'était pas anodine. En tout cas, je savais que ce ne serait pas commun dans *ma* vie. J'étais dévorée par un sentiment nouveau, un besoin inexplicable. Celui d'aller vers lui et de le connaître.

Évidemment, c'était mal parti. Nous étions deux parmi des centaines. Surtout, nous étions là pour remplir des dizaines de copies doubles, pour nous libérer de centaines d'heures d'effort.

Et pourtant, Sarah, je ne m'étais jamais sentie aussi confiante. Mes jambes s'étaient détendues. Je le regardais encore.

Il avait soudainement pris un air sérieux.

Le sujet était sur nos tables. C'était sur le roman. »

Sarah s'était assise sur le bord de la cheminée.

Elle n'avait pas vécu le concours, la grande salle, la chaise qui claque sur le carrelage froid. Les flammes lui chauffaient le dos.

Pour Sarah, il n'y avait pas eu de bataille. Depuis que Marie parlait, elle essayait de se souvenir du dernier jour de lycée. Elle ne s'en souvenait pas. En tout cas, c'était sûr, il n'y avait pas eu de bagarre géante. Elle n'avait pas stocké des œufs dans son sac à dos – *avait-elle un sac à dos ?* Elle avait grandi à Paris et lorsqu'elle avait décidé d'aller à la Sorbonne – *qui l'avait décidé ?* – son trajet avait à peine changé. Une station de métro, quelques secondes de sommeil. Les nuits étaient les mêmes. Elle ne faisait pas la différence entre les réveils du lycée et les premiers matins d'étudiante. Toute la licence, elle était restée là. Ses parents étaient là. Ses amis étaient les mêmes. Aucun ne lui avait jeté de la farine au visage, aucune ne l'avait fait tomber dans l'herbe pour l'embrasser.

Sarah ne se souvenait que d'un débordement, au Bateau

ivre. Ça, c'était encore au lycée. Elle avait dû sortir sa carte d'identité. Le serveur s'était penché par-dessus le comptoir. 1993. Les traits durcis par le calcul. Dix-huit ans, depuis quatre jours. *Vous n'avez pas perdu de temps*, avait-il dit en tapant contre la tireuse. Le verre penché. La mousse qui tombe et qui mouille la main.

Sarah avait bu. Ses amis étaient au fond du bar. Elle avait bu encore, et avait fini par partir, toute seule. Elle ne se souvient plus où. C'est le trou noir. Comme si elle avait marché en dormant. Quand elle s'était réveillée, elle marchait encore. Elle se souvient de sa propre voix, paniquée. Elle était le long de la Seine. Ça lui avait fait peur, ça, d'être près de l'eau. Elle avait fui le quai, poursuivie par une silhouette qui ne devait pas exister.

Au loin une petite lumière verte. Elle s'était précipitée sur le taxi.

Elle avait prononcé la formule, *267 rue Lecourbe*, comme un robot. Soulagée. La voiture partait et l'emmenait chez elle.

Un grand T3 avec une terrasse. C'est comme ça que ses parents décrivaient toujours l'appartement. *Un grand T3 avec une terrasse.* Ils disaient toujours le nombre de pièces. Le taxi accélérait et Sarah fermait les yeux. Ils ne lui disaient jamais pourquoi il n'y avait pas eu de frère ou de sœur. *267 rue Lecourbe.* L'adresse de l'ennui, d'un aéroport en jouet et de la terrasse qui n'accueille que la table. L'adresse qu'elle avait toujours connue.

Elle aussi voulait se caresser le ventre.

« Nos regards ne se sont pas croisés ce jour-là. Je l'observais rendre ses copies, sortir de la salle en même temps que tous les autres.

Je ne cherchais pas à retrouver mes amis et rentrais seule dans le RER. Je n'avais pas envie de parler du concours. Le trajet était mon moment de pause. Il était déjà plus de 14 heures. J'avais mangé mes Pépito en rédigeant.

J'en mangeais à chaque épreuve. Je m'en souviens précisément. Tout comme je me rappelle avoir écouté en boucle « Couleur café » cette semaine-là. De Gainsbourg. *J'aime ta couleur café. Tes cheveux café.* Je l'avais écouté le matin même, en attendant le RER. *Ta gorge café.* La boule avait momentanément disparu de mon ventre. *Si tu fais comme le café. Rien qu'à m'énerver. Rien qu'à m'exciter. Ce soir la nuit sera blanche.* Elle disparaissait à chaque trajet. À l'aller comme au retour.

Nos regards ne se sont pas croisés le jour suivant, ni ceux d'après, selon le même rituel.

Un matin, il n'était plus là. Sa table était vide. Il n'était pas là, et ne revenait pas. J'en déduisais qu'il avait choisi de ne pas passer tous les concours, seulement les plus difficiles. Et cela, Sarah, je ne m'y attendais pas. Je le revoyais entrer avec insouciance. Non, vraiment, je ne m'y attendais pas.

Je ne le reverrais pas. C'était devenu une évidence.

Il fallait finir la semaine, remplir des copies dans la grande salle. Le soleil devenait plus fort à chaque épreuve. Je n'avais pas pris le temps de sortir mes vêtements d'été. J'avais de plus en plus chaud et ma peau était d'une blancheur aveuglante.

Je ne le reverrai pas. Cette pensée me revenait, de plus en plus furtivement. Je continuais d'écrire.

Et il y a eu la dernière sonnerie. *Rendez les copies*. Enfin. Les concours étaient terminés. *Un jeune homme voudrait vous dire un mot.* C'était un copain de ma classe. Thomas proposait à tout le monde de se retrouver le soir même sur le pont des Arts, pour fêter ça.

La moitié d'entre nous était déjà partie. *Je ne le reverrai pas.* »

« Je suis repassée dans mon studio pour lâcher mon sac, avec tous les restes des concours. J'ai sorti la première jupe de l'année et j'ai marché jusqu'à la Seine.

C'était l'époque où le pont des Arts, revêtu de cadenas, était assiégé par la jeunesse et ses djembés.

Parmi tous les étudiants assis en cercle, je retrouvais les miens. Ils avaient sorti les bouteilles que l'on ne trouvait pas si mauvaises. Cigarettes roulées au bec, tous les visages paraissaient soulagés. C'était fini. Je m'asseyais avec eux malgré la jupe. Je me servais un verre de rosé tiède. Plus rien n'avait d'importance. Je n'avais plus rien à mémoriser. Mon corps entier se relâchait. Mes mains étaient posées contre le plancher de bois. La nuit tardait à tomber. C'était l'été. J'étais en vacances.

Thomas est arrivé avec un bouquin à la main (*Outsiders* de Becker). Il n'avait pourtant pas travaillé de l'année. Il restait debout à côté de nous et buvait à même la bouteille. Nous étions seuls. *Mon annonce n'a pas eu beaucoup de succès*, riait-il, les dents pleines de rosé.

Il avait parlé trop vite. Moins d'une heure plus tard, une autre classe de prépa nous avait rejoints. Au début nous avons sagement parlé des concours, de nos attentes, de nos plans B... Je me souviens avoir fixé le foulard d'une fille pendant que je lui parlais. Celles qui savaient nouer leurs foulards à vingt ans, en 2010, m'intriguaient. Derrière nous, le son des percussions montait. La nuit était tombée. Nous commencions à être tous enivrés. Et avec cette même fille, nous poursuivions une conversation en regardant l'île de la Cité. Je ne sais plus ce que nous nous disions. Rien ne m'a marquée, si ce n'est qu'elle a souri à l'approche de ses amis. Et que j'ai tourné la tête.

C'était lui. Il était face à moi. Il aurait pu m'effleurer avec son visage. Il perdait l'équilibre. Il avait une bouteille à la main et une fille sous chaque bras. J'étais totalement figée, ébahie devant son apparition *à lui*. L'étudiant retardataire était là. Il fallait le réaliser, et vite. Il était si proche qu'il n'avait d'autre choix que de me regarder moi. Il allait peut-être me parler. Ses pommettes étaient toujours rouges, ses cheveux encore en bataille. Il avait les yeux verts. J'ai aimé ses dents imparfaites. Puis j'ai entendu sa voix.

Nous n'avons pas parlé des concours. Nous avons parlé de l'été qui arrivait, des terres que l'on allait fouler, de celles d'où l'on venait. Je lui ai parlé des copains du lycée et de mon impatience de les retrouver à mon retour. Je lui ai raconté nos soirées d'ivresse, nos routes à vélo, nos jeux nocturnes. Lorsqu'il fallait nager au large, lorsque c'était à celui qui allait chercher du sable le plus loin et le plus profond possible. Il m'a aussi décrit ses nuits inconscientes. Lui, c'était dans une forêt immense. Des histoires terrifiantes et drôles. Il avait grandi à la campagne. Oui, Sarah, nous avons essentiellement parlé de nos racines, de nos paysages. Il m'a parlé du vert et je lui ai parlé du bleu. Il m'a dit qu'il s'appelait Antoine. J'ai pensé au petit garçon de Trintignant dans *Un homme et une femme*. J'ai vu l'enfant conduire la voiture blanche de son père. J'ai songé à la splendeur d'Anouk Aimée qui se protège du vent. J'ai répondu à Antoine que je m'appelais Marie.

J'étais envahie du même sentiment que celui qui s'était emparé de moi lorsqu'il avait claqué la porte. J'étais exaltée. Et mon corps, debout, était apaisé. Je ne cessais de regarder celui qui avait désormais un nom et qui connaissait le mien.

Je le trouvais magnifique. La Seine et ses lumières étaient derrière lui. »

Marie s'était levée et tournait en rond. Elle ne faisait plus l'effort de fumer vers la cheminée. Elle continuait, d'un air faussement exaspéré, le sourire aux lèvres :

« Et là, j'ai complètement déconné, Sarah ! Je me disais que s'il était réapparu, comme ça, devant moi, je ne pourrais que le retrouver plus tard. Je n'avais même pas envisagé de lui demander son numéro. Et en même temps, la soirée était trop belle pour ça, non ? Antoine avait surgi de nulle part. Nous n'allions pas sortir les portables, parler de chiffres et appuyer sur des touches. Tout comme nous n'allions pas prononcer nos noms de famille... Ces mots n'avaient rien à faire là.

Mes copains sont venus me chercher. Je devais partir avec eux en boîte. Je n'avais aucune envie de quitter Antoine, surtout pas pour descendre dans une cave. Mais je ne pouvais rien dire. Je devais partir maintenant. En lui disant au revoir de la tête, je me rassurais en me disant que j'avais assez d'informations pour le retrouver. Son prénom, le nom de sa prépa. Je l'ai quitté du regard en pensant à sa copine au foulard qui m'avait dit – elle – m'avoir ajoutée sur Facebook. J'ai suivi mes copains sans broncher. Je le retrouverais en quelques secondes. En entrant dans la cave, j'étais redevenue sereine. Et je dois dire que j'ai adoré cet endroit ! Avec ses murs sales en grosses pierres, sa lumière violette qui n'a pas bougé de la nuit. Nous nous y sommes déchaînés. Je ne sais pas d'où venait cette énergie. Nous avions quitté la grande salle le matin même, Sarah. J'avais encore des marques d'encre sur les doigts. Et là, la chemise de Thomas était déchirée, les jets de fumée à nos pieds faisaient lever nos verres... C'était ma première vraie sortie à Paris. Je fermais les yeux pour laisser les lumières artificielles – les lumières interdites – s'emparer de mon visage et s'immiscer sous mes paupières. »

Dans le salon, Marie levait légèrement les bras, comme si elle voulait étreindre doucement la pièce :

« Dans ce flou divin, je me balançais en voyant les portes de la prépa que j'avais quittée, sa rue que je ne foulerais plus, les copains que j'allais retrouver. Ce serait chez un tel, ou devant tel bar. J'avais tout mon temps, Sarah. L'été m'appartenait. Et Antoine était réapparu. C'était juste un peu plus tôt, devant moi. *Antoine*. Il s'appelait Antoine. Antoine était Antoine. »

Elle prit une bière sur la table et se rassit auprès de Sarah.

« Nous avons fait beaucoup d'allers-retours au bar. J'étais en nage toute la nuit. Je crois qu'à un moment, en commandant un verre, j'ai posé mon menton sur le comptoir. Je ne sais plus si j'étais épuisée ou si je voulais faire une blague à la serveuse… Probablement les deux. Depuis cette soirée, je n'ai plus jamais touché à un shooter de vodka-Get 27 ! »

Elle l'avait dit gaiement, en décapsulant sa bière, et Sarah s'était raccrochée à son verre. Marie ne rougissait pas de ses excès. Depuis le départ, depuis leur rencontre, Marie devait être d'un autre côté. Celui de la vitesse, de la jeunesse, de la vie que l'on ressent.

Sarah avait attendu que ses parents lui proposent de partir. Et elle était partie.

Elle avait emménagé aux Buttes-Chaumont, dans un studio tout en haut d'un immeuble. Ici, en sortant, elle remarquait les visages. Elle scrutait les corps bohèmes. Et elle rentrait, rincée de la montée des Buttes, séchée des marches jusqu'au cinquième étage, jusqu'au sixième. Elle laissait tout tomber dans l'entrée, devant son miroir. Elle, elle ne changeait pas. Son appartement était toujours calme. Le samedi midi, elle traversait Paris. Une heure de métro. Deux changements. Elle déjeunait en famille. 267 rue Lecourbe. Il y avait un peu moins de silence, là-bas. Et le silence, elle n'en pouvait plus.

Les jeudis soir, elle restait à la Sorbonne. Des écrivains venaient présenter leurs romans. Elle s'asseyait toujours devant, mais pas trop, et ne posait jamais de question. Même lorsque c'était son auteure préférée qui était intervenue. Le regard de l'écrivaine s'était arrêté sur Sarah, et Sarah, qui avait mille choses à demander, n'avait pas ouvert la bouche.

Il y a eu pire, un été. Ce soir-là, l'invité était resté debout. Il avait parlé pendant plus de deux heures, sans notes. Sarah était à sa place, devant. Il était sûr de lui. *Mademoiselle.* Il l'avait soudainement interpellée. *N'avez-vous aucune question ?* Il commençait à plaisanter. Sarah avait été incapable de bouger. *Il se moque bien de moi là ?* Elle n'osait pas tourner la tête vers les autres. Il la scrutait. Elle se demandait pourquoi elle. Elle ne savait pas. Elle allait bafouiller. Et il commençait à ricaner. *Mais, Monsieur, la seule question qu'on ait envie de vous poser après cette intervention, c'est de savoir si on peut partir !*

Sarah avait juste eu le temps de voir le visage de son bourreau s'effondrer. Il regardait vers le haut, et Sarah s'était retournée elle aussi. Au fond de l'amphithéâtre, l'étudiante qui avait crié marchait déjà vers la sortie.

Sarah avait pris ses affaires – elle tremblait – et avait suivi l'inconnue. Elle avait besoin de respirer, de laisser l'odeur de poussière.

L'étudiante était en train de fumer sous le préau, adossée à une colonne. Sarah avait sorti son paquet de cigarettes. Elle avait tout de suite compris que l'étudiante l'attendait pour railler l'écrivain.

Leur première conversation avait commencé par un rire.

C'est ainsi que Sarah avait rencontré Marie.

« J'ai ouvert les yeux le lendemain, ce qui m'a demandé un effort inouï. Et j'ai pensé : *Antoine.* J'ai refermé les yeux et je l'ai revu sur le pont. Ce n'était pas un rêve. *Antoine.* Je connaissais son prénom. Je l'avais rencontré.

J'étais incapable de me lever et, pour la première fois depuis des mois, j'avais le droit de ne pas le faire. Je suis restée de longues minutes dans mon lit, sur le ventre. J'essayais de revoir Antoine, dans la grande salle et sur le pont, de me remémorer toute la conversation. J'espérais me rendormir pour la revivre.

À la place, je suis allée vomir. J'ai marché jusqu'au frigo, à deux mètres des toilettes. Il n'y avait rien à manger chez moi. J'étais fébrile. Je vacillais. Et pourtant, je ne m'étais pas sentie aussi bien depuis deux ans. Je n'avais plus rien à retenir. C'était suffisant. C'était fini. J'étais libre. J'avais plusieurs jours devant moi rien que pour faire mes sacs, rendre les clés. Mon père viendrait me chercher et nous rentrerions. Et surtout, Sarah, encore une fois : je n'avais plus rien à retenir.

Le lendemain, j'ai acheté un petit tube de crème solaire et j'ai marché de nouveau jusqu'à la Seine. J'ai étendu les jambes sur les quais. J'ai ouvert *L'Art de la joie* de Goliarda Sapienza, dont j'avais repoussé la lecture pendant des mois car la littérature italienne n'était pas au programme.

À l'époque, je n'avais ni smartphone ni ordinateur. Une fois en Bretagne, je pourrais me connecter. Et retrouver Antoine.

Cette attente me convenait. J'avais énormément travaillé, appris, assimilé pendant deux ans. Et j'étais désormais en vacances. Je pouvais flâner, imaginer Antoine, ne rien faire.

Je n'avais aucune idée de l'école qui m'attendrait en septembre et, à vrai dire, Sarah, je n'étais pas très optimiste quant à mes résultats. Mais j'étais certaine de rester à Paris.

Et Paris, depuis la veille, depuis le pont des Arts, s'étendait enfin sous mes yeux. »

« Je n'avais que quelques gros sacs à mettre dans le coffre. Nous avons tracé jusqu'en Bretagne.

Je me souviens que nous avons commandé du McDonald's sans nous arrêter pour déjeuner. Mon appétit n'était pas encore revenu. J'avais seulement pris deux petits cheeseburgers que je revois encore, posés dans la voiture sur mes genoux amaigris. Après la prépa, le moindre plaisir était décuplé par mille. Et, Sarah, crois-moi, j'ai dégusté ces petits burgers chauds comme jamais, au point d'y repenser encore chaque fois que j'en mange un, et d'en avoir encore envie quand je passe devant le fastfood près de chez moi place de Clichy.

Bien avant d'arriver, je pensais à l'ordinateur à l'étage. Mais une fois à la maison, je ne me suis pas précipitée dessus. J'ai préféré attendre. Plus j'attendais, et plus j'avais de chances qu'il ait pris les devants et qu'il m'ait retrouvée, *lui*.

En fin d'après-midi, j'ai rejoint quelques connaissances du lycée sur la plage. L'un d'entre eux s'était récemment mis à la guitare et jouait assis sur un rocher. Il chantait *Just the two of us*, à la façon de Benjamin Siksou qui avait fait la Nouvelle Star. Je ne sais pas si tu t'en souviens encore. En tout cas, il faut avouer qu'à l'époque nous étions encore tous bien imprégnés de l'émission. Au moins, nous connaissions tous la chanson. *Just the two of us, building castles in the sky...* Nous avons bu quelques bières en regardant la mer monter. À la tombée de la nuit, nous nous sommes baignés. Je me sentais toute mince dans les vagues épaisses. J'ai renfilé mon jean, pleine de sel.

J'avais encore les cheveux trempés lorsque je suis rentrée chez moi. Dans la nuit noire, j'ai allumé mon ordinateur. Près du logo bleu de Facebook, un point rouge. La fille au foulard m'avait envoyé une invitation.

Antoine, lui, ne m'avait rien envoyé.

Surtout, Sarah, il était introuvable. »

« J'ai passé en revue les profils des amis Facebook de la fille au foulard. Quatre s'appelaient Antoine. Aucun ne lui ressemblait, en tout cas pas de manière flagrante. J'ai louché pendant des heures sur le profil de l'un d'entre eux, le seul profil qui pouvait susciter un doute. Sur sa photo, le garçon en question était en pied. Il faisait une sorte de figure, une jambe en l'air, malgré son jean slim. Il faisait le pitre. On voyait mal son visage mais ses cheveux me paraissaient trop soignés. Et surtout je ne comprenais ni le slim ni la présence de l'immense tableau de chasse derrière lui. Cet Antoine ne pouvait être le bon Antoine, celui qui était arrivé en retard, les cheveux en bataille. Celui qui portait un sweat délavé, et qui l'avait porté à toutes les épreuves. Non, cet Antoine n'était pas Antoine. Je ne lui ai pas écrit.

Antoine était introuvable. J'ai cherché en vain parmi les amis de la fille au foulard, parmi les amis des amis de la fille au foulard que j'étais certaine d'avoir aperçus sur le pont des Arts, et même pendant les concours.

J'avais fixé mon écran trop longtemps. J'étais fatiguée. Je me suis levée et j'ai quitté la chambre comme j'avais quitté la grande salle le dernier jour. La pièce était muette. Je n'entendais que moi.

Je ne le reverrai pas. »

« Je dormais beaucoup. J'avais des heures de sommeil à rattraper. De vraies heures de sommeil, des heures pendant lesquelles on ne rêve pas des révisions, des heures pendant lesquelles on ne se voit pas en train de réciter un cours. J'avais besoin d'un sommeil lourd. Et, la journée, je décompressais. Je mesurais les mois passés et je sentais leur poids. Je sentais mon corps s'en décharger, au fur et à mesure. Et rien que cela, Sarah, ça me prenait une énergie que je n'avais plus. Mon énergie était partie, on me l'avait arrachée. Elle me paraissait désormais lointaine, inatteignable. Et j'étais épuisée à l'idée de pouvoir la retrouver un jour et de devoir en faire usage.

Mes meilleurs copains sont rentrés de Rennes. Gentiment, prudemment, ils demandaient au début : *Alors, ma Marie, tes concours ?* Puis le sujet disparaissait, à mon plus grand soulagement, pour parler de telle soirée, de ceux qui viendraient, des attentes de chacun. Pour me raconter aussi les soirées passées, sans moi. Ils avaient l'air d'avoir tellement rigolé dans les bars, dans les rues pavées, dans une boîte de nuit pas chère qui ne passait que du disco. Ah, crois-moi, Sarah, si c'était à refaire, je ne serais pas partie à Paris directement après le bac. J'aurais étudié à la fac, à Rennes, avec les copains. J'y serais restée un an ou deux, pour vivre avec eux les premières fois d'étudiants. Nous aurions pu vivre en colocation, avec un peu d'argent à nous. Chaque jour, j'aurais eu l'occasion de prendre avec eux un petit déjeuner à l'arrachée, de m'affaler dans le canapé qui aurait été le nôtre et auquel nous n'aurions jamais prêté attention. Nous aurions goûté ensemble à une liberté, la liberté totale : celle de se lever ou pas pour aller étudier, celle de nous découvrir dans l'anonymat, celle de rentrer dormir chez soi ou de passer la nuit ailleurs, contre tel ou tel corps. La liberté de refaire surface en pleine après-midi pour se raconter l'anecdote, le secret. Et de rester ensemble jusqu'à la nuit, jusqu'au lendemain.

Ils sont rentrés pour l'été. Avec eux sont revenues mon énergie, mon insouciance, et la fougue qu'ils me prêtaient. Comme des évidences. J'ai passé l'été à m'agiter devant eux, à m'insurger pour la moindre raison, à les faire rire. Ils ont été ma pommade, mon énergisant. C'était comme si nous étions revenus au lycée. Certes, désormais, un appartement à nous pouvait nous attendre dans telle ou telle ville, et nous avions dans nos sacs à dos une carte bancaire, un permis de conduire plein de sable. Mais rien n'avait véritablement changé. Nous avions toujours envie de parler des mêmes choses. Les railleries et les éclats de voix étaient les mêmes. Nous allions toujours dans notre bar préféré, nous asseoir à notre table : la table ronde en bois au fond de la salle. C'est sur cette table que Basile était monté, à l'époque du lycée, pendant les vacances d'hiver, pour chanter *Feel*, avec son sourire d'enfant. Et là, Basile était assis en face de moi. Avec le même sourire. Il écoutait sagement les autres. Je les regardais un à un... Ils étaient là. J'étais soulagée. Et moi aussi, j'étais là, avec eux. J'étais heureuse de réaliser que j'avais eu tort de penser une seconde qu'il aurait pu en être autrement. »

« Il y avait une solution. Je pouvais demander à la fille au foulard le numéro d'Antoine. Elle devait certainement l'avoir. Du moins, elle savait nécessairement comment le joindre. Et je l'imaginais mal refuser de me le dire. Ce n'était donc pas une fatalité. Je pouvais le revoir.

J'avais peur qu'elle se vexe. J'avais peur qu'elle me fasse une réflexion acerbe. Pire. J'avais peur qu'elle ne réagisse pas devant moi et qu'elle l'appelle pour le prévenir, qu'elle se moque de moi auprès de lui. Avant de me donner son numéro, avant que je puisse lui écrire. Antoine aurait été embarrassé, il aurait acquiescé à ses remarques. Il ne m'aurait jamais répondu après cela.

Je préférais attendre. J'attendais.

Allongée sur le sable, je fermais les yeux et repensais à tous mes réveils de prépa, à tous mes couchers. Ils avaient été identiques. La vie de robot était derrière moi désormais. Dans l'eau salée, je repoussais les algues tranquillement en me disant que cette année ne pouvait être que belle et douce. »

« Quelques jours plus tard, j'ai rallumé l'ordinateur pour connaître mes résultats.

Je n'étais admissible à aucun concours.

J'avais travaillé pendant deux ans, comme une acharnée. J'avais consacré chaque jour à cet objectif. Et je n'avais rien eu.

Et pourtant, Sarah, je ne me souviens pas d'avoir été bouleversée par ces résultats. Je ne crois pas avoir contenu une *vraie déception*, comme j'ai pu en connaître par la suite. Je n'ai pas été assommée par la vision des chiffres. Je n'ai pas senti une enclume tomber dans mon ventre et mes jambes. Je n'ai pas fixé mon classement d'un regard qui devient sec et inconfortable, sans m'autoriser à respirer. Non. J'ai regardé les lignes et je les ai tout de suite comprises.

J'étais trop soulagée d'avoir fini pour subir.

J'évitais de penser à Paris, à mes amis qui prenaient des trains pour passer les oraux. L'ordinateur était éteint. Et lorsqu'on m'appelait pour me dire qu'il fallait m'accrocher, qu'il fallait que j'y retourne une année, je raccrochais. J'étais incapable de répondre. Je changeais souvent de pièce.

Concours ou pas, c'était fini. J'irais à la fac. Je n'avais plus rien à retenir. J'avais lâché et ça allait mieux. Et cela durerait. »

Cela avait duré, se disait Sarah. Ensemble, elles avaient foulé d'un pas engourdi les espaces de la Sorbonne. Elles avaient dévoré la fac, les odeurs de boiseries et de plastique fatigué, les budgets serrés, les mois de *farniente*, les heures de révisions intenses. La vie en dents de scie. Les jours où l'on ne se lève pas, les jours où l'on se lève pour se rendormir en amphi, les jours où l'on part dans la précipitation, la boule au ventre, en glissant sur des fiches Bristol éparpillées sur le sol. Le bonheur de se lever seulement pour prendre des notes, pendant trois heures, voire deux, et de s'attarder aussi longtemps avec les copains – les nouveaux copains que l'on a rencontrés dans les couloirs – dehors. Avec eux arpenter tous les cafés, tous les bars du Quartier latin. Très vite, ne s'asseoir que dans ceux proposant des pintes bon marché. Des bières fades et légères, servies dans des gobelets. Les boire lentement, faute d'argent, jusqu'à ce qu'il n'y ait plus de bulle. Puis, ne plus rien maîtriser. Boire encore, trop vite. Le plastique qui se renverse, la bière dans les sacs, sur les cours et polycopiés. À partir de cet automne-là, elles passèrent beaucoup de temps dans des caves, des fumoirs. Dans le meilleur des cas un groupe de jazz jouait à la lumière des bougies. Mais généralement les soirées étaient éclairées par de tristes néons, sur fond de musique commerciale. Elles ne fréquentaient pas les endroits à la mode. En tout cas elles ne se posaient pas la question. C'était généralement des lieux où elles avaient débarqué un soir par hasard avec les copains – oh les nouveaux copains – et où ils retournaient le lendemain. Le bar les engloutissait pour plusieurs semaines.

Sarah était devenue très gaie. N'importe quel bar lui convenait. Après tout, ce n'était qu'un cadre, qu'un lieu avec de l'alcool, pour se conquérir.

Elles avaient pour elles le meilleur des temps, celui de la fac. Ce temps précieux où l'on est libre de ne rien faire pendant que le monde continue, termine ou commence. Regarder des films en plein après-midi sur son ordinateur sous la couette. Se faire un sandwich le matin et se rendormir. Passer un mardi à errer, avec seulement au programme un café avec un copain. Et pourtant, arriver en retard.

Les semaines étaient des vacances sans voyage, dans la ville qu'elles ne voulaient pas quitter, pas même pour une nuit. Elles n'auraient abandonné Paris pour aucune autre.

« Un week-end, j'ai pris la route avec une copine. Je sais qu'elle s'en souvient encore parfaitement. Parce que nous en parlons encore.

Quelques jours plus tôt, nous étions passées à la soirée d'un copain du lycée. Lui aussi sortait de deux ans de prépa. Il avait invité ses nouveaux amis. L'un d'eux était splendide. Il serait heureux de m'entendre dire ça, et je le dis et le redis : pour moi c'était le sosie de Marlon Brando. Et un autre est vite devenu à mes yeux le garçon le plus drôle que l'on pouvait rencontrer en une vie. C'est ce dernier qui nous a invitées, ma copine et moi, à la fête qu'il organisait pour ses vingt ans la semaine suivante.

C'était une fête de plusieurs jours. Il avait réservé un camping dans un petit village breton où vivait sa famille depuis des générations et où les rares rues portaient parfois son nom.

Avec Lucile, nous sommes parties. J'avais mon permis depuis quelques semaines. Après une de mes manœuvres, et un choc, une odeur de cidre s'est dégagée dans toute la voiture. Évidemment, cela n'avait aucune importance. Nous étions déjà sur les petites routes, les fenêtres ouvertes, les lunettes de soleil sur le nez, la musique à fond. Les effluves ne faisaient que nous rapprocher de la soirée, et nous ravissaient. Lucile était toute jolie, assise pieds nus en tailleur sur le siège passager. C'était l'aventure. Nous ne connaissions personne, ou presque. Et nous nous rassurions en nous disant toutes les dix minutes qu'on pouvait toujours repartir d'une minute à l'autre, toutes les deux. Que nous étions libres.

La salle des fêtes était mignonne. Elle ressemblait à une petite auberge. J'ai un doute mais, dans mes souvenirs, la cuisine était ouverte sur la salle. En tout cas il y avait un bar, ça c'est certain. Nous sommes tous montés dessus la première nuit. Derrière, il y avait un grand terrain, sur lequel nous avons planté nos tentes. Nous étions au moins une trentaine. Et surtout, Sarah, il y avait, annexée à la salle de réception, une immense salle de sport. Avec ses paniers de basket, ses marques au sol pour jouer. Et une chaise d'arbitre, haute et blanche.

À part Lucile, nous sortions tous de deux ans de prépa. Nous avions vingt ans et les coffres des voitures empruntées à nos parents étaient pleins de bouteilles d'alcool et de soft. La salle, son terrain de jeux, le village désert, tout cela était pour nous. Pour deux jours, et surtout pour deux nuits. Nous avions tout le temps et un immense désir de tout explorer, à l'aide de l'éclairage faible de nos portables. Beaucoup l'ont fait, en duo, en se frôlant les mains et les hanches.

Deux moments ont été particulièrement mémorables. Je ne suis pas certaine de leur ordre.

Le premier : sans surprise, j'étais assise sur la chaise d'arbitre. Tout en haut. Il était tard. Ils étaient tous dans les tentes. Sauf Marlon Brando. Il était monté avec moi. Nous partagions une bouteille de *hard*. Nous régnions, tous les deux en short, sur la salle de sport. Nous récitions au début des matches fictifs. Mais je n'avais aucune inspiration et, de toute façon, je voulais lui parler de sa beauté. Je le faisais en italien, ma LV2, persuadée qu'il ne comprendrait rien. Comme si les langues n'avaient rien en commun. Comme si mon regard, mon souffle n'étaient pas assez explicites. Je crois qu'il a fait semblant de ne pas saisir. Je ne sais plus. Cela n'avait pas d'importance. Je n'avais pas particulièrement envie de l'embrasser. Je voulais seulement proclamer sa beauté. Et j'avais envie de parler italien. Ça aussi, je le lui ai dit. Au moins dix fois.

Le second : plus surprenant. J'étais montée dans la voiture du garçon très drôle. Enfin, dans la voiture de ses parents. Je le laissais me séduire. Comme jamais. La nuit était noire. Nous n'avions rien allumé. J'acceptai de le rejoindre sur la banquette arrière. Nous riions beaucoup. Je riais tellement que le lendemain, au retour avec Lucile, j'avais mal au ventre à chaque exclamation. Je le laissais me caresser les bras, le cou, les joues, me susurrer des mots tantôt hilarants, tantôt doux. Son ton léger contrastait avec sa voix grave. J'étais enrobée de tous ses mots, de son charme. J'avais terriblement envie qu'il me saute dessus. Et pourtant, Sarah, lorsqu'il me touchait les cheveux pour m'attirer vers lui, je tournais la tête vers l'extérieur. Je m'efforçais de penser à son statut de séducteur, aux nombreuses *conquêtes* qu'il avait connues du haut de ses vingt ans. Il m'embrassait dans le cou et je restais droite, alors que je voulais fondre, et que j'en avais le droit. Ah, Sarah, crois bien que je regrette ces manières. À chaque fois ça me rappelle Jeanne Moreau... »

Dans le salon, Marie commençait à fredonner :

Alors elles crèvent d'ennui et se rappellent toutes les folies
Qu'elles auraient pu s'payer sur Terre
Elle rêve à la fermeture éclair
Qu'elle remonta d'un air si fier...

Elle essayait d'aller plus vite.

Elle rêve des divans profonds, introduits dans les garçonnières...
Mon Dieu, pourquoi fis-je des manières ?

... Rassure-toi, Sarah ! Avec lui je me suis rattrapée des années plus tard. Deux fois. Dont une avec une bouteille de vin rouge et un album des Doors. C'était plus chic. J'avais sorti les verres à pied. Je me sentais femme fatale en sortant du lit. J'avais grandi ! »

« Et après tout, Sarah, qu'avais-je à perdre à demander son numéro ? Certes, des semaines s'étaient passées depuis le concours. Certes, la fille au foulard comprendrait que j'étais intéressée, à un point presque inquiétant. Antoine lui-même le comprendrait, surtout. Et alors ? J'étais grillée à des kilomètres. J'arriverais avec mes gros sabots. Et alors ? C'était tenter ou ne pas tenter. C'était le revoir (un jour peut-être), ou ne pas le revoir.

Devant mon ordinateur, j'ai arrêté de réfléchir. J'ai ouvert la conversation avec la fille au foulard et j'ai écrit. Je n'ai pas fait semblant de vouloir lui parler. Je lui ai dit *salut*, et je lui demandé le numéro d'Antoine, sans m'assurer qu'elle voyait bien de qui je parlais, sans explication.

Elle a ouvert immédiatement mon message. Elle non plus, elle ne m'a pas demandé comment se passait mon été. Elle non plus, elle n'a pas fait semblant.

J'ai attendu quelques secondes sans quitter l'écran du regard.

Dix chiffres commençant par 06 se sont affichés. J'avais son numéro. »

« Je me souviens précisément du jour où je lui ai écrit. Je me souviens même de ma tenue, tu imagines ! Un tee-shirt marinière rouge et blanc, et un short kaki. Ma mère me les avait offerts après les résultats, avec beaucoup d'autres cadeaux. Je portais des baskets légères blanches en tissu. Elles me faisaient des pieds minuscules. Cela n'allongeait pas la silhouette, surtout pas avec le short. Il faisait chaud. J'avais attaché mes cheveux en queue de cheval.

Dans ma poche, il y avait le numéro que j'avais recopié sur un morceau de papier. Je ne voulais pas l'enregistrer dans mes contacts. Pas avant d'écrire, pas avant d'avoir une réponse. *Mais aurais-je une réponse ?* Par superstition, je préférais garder le numéro ainsi. Je n'avais inscrit que les chiffres. Pas son prénom.

Je peinais à rester assise sur le banc. J'attendais un car pour rejoindre une amie de l'autre côté du fleuve côtier. Elle avait une piscine à l'abri des vents marins.

Il y avait un car toutes les heures. Il me restait une

dizaine de minutes à attendre. J'écoutais la musique sur mon petit iPod saturé.

J'ai sorti le petit papier de ma poche. J'ai écrit en T9 *Salut Antoine c'est Marie*, en précisant sûrement : *du pont des Arts*. Je lui ai demandé s'il passait un bon été... Oui voilà, Sarah, tu vois bien, j'étais grillée à des kilomètres. J'ai entré les dix chiffres. J'ai vérifié plusieurs fois le numéro. Et j'ai appuyé sur la touche centrale de mon portable.

C'était fait. J'avais écrit à Antoine. Antoine avec qui j'avais parlé quelques minutes, deux mois plus tôt. Il n'allait pas se souvenir de moi. Je n'arrivais plus à entendre la musique.

Le car est arrivé. Il n'y avait personne. Je me suis assise en plein milieu, côté fenêtre.

Nous prenions la route que je connaissais par cœur. C'était celle du lycée. Tout m'était familier. Les sièges poussiéreux en tissu qui avaient chauffé avec le soleil. La petite poignée noire en plastique sur le siège de devant. Les fenêtres mal isolées sur lesquelles je posais la tête. Les courbes de la route, ses stops, ses accélérations. Nous arrivions sur la Rance. Je regardais la mer sur ma droite, sur ma gauche. Ses petites barques, ses voiles blanches. Au pire, il ne répondrait pas. J'étais en vacances. Mes amis étaient là. La mer serait toujours là et moi je continuerais de grandir devant elle.

Et, Sarah ! le portable posé sur mes genoux a vibré. Je me suis d'abord menti en me disant que ce n'était pas lui. Mais c'était bien des chiffres qui s'affichaient sur mon écran, et non pas un contact enregistré. C'était lui. Je me suis alors convaincue qu'il m'écrivait pour me dire que c'était sûrement une erreur, qu'il ne voyait pas qui j'étais, ou alors qu'il voyait qui j'étais mais qu'il était étonné d'avoir de mes nouvelles. Il ne voulait pas de mes nouvelles. J'ai ouvert le message.

Je l'ai parcouru en une seconde, sans respirer. J'essayais d'en saisir la tonalité. Le message était long. Je l'ai parcouru, lu et relu. Jusqu'à ce que je sois certaine, Sarah, que oui, c'était positif. Ah ! Ce message je pourrais encore te le réciter par cœur ! Il m'a saluée, parlé de son été. Il m'a demandé comment se passait le mien, dans la ville dont il écrivait le nom. Ainsi, il se souvenait de notre conversation, de moi, des terres que je lui avais décrites. Deux mois plus tôt, Sarah !

Je le relisais encore. Le ton était très enjoué, très rythmé. Il me ramenait sur le pont, au-dessus de la Seine, face à Antoine. C'était donc bien de l'entrain, de la curiosité que je percevais dans son regard lorsque nous discutions tous les deux au son des djembés. »

« Je suis arrivée chez mon amie. Toute rouge, à bout de souffle. Folle de joie. Elle n'a pas eu le temps de s'asseoir avant que je lui parle de la grande salle, de la porte qui avait claqué. De l'étudiant retardataire, de ma réaction. Je lui ai dit pour le pont des Arts. *Il était là, devant moi !* Une fille sous chaque bras et une bouteille à la main. Je lui ai dit comment j'avais récupéré son numéro, deux mois plus tard. J'ai expliqué que je m'étais lancée. *Et alors ?!* Pour rire, j'ai soudainement repris mon calme. J'ai marqué un temps, d'un air détaché, et j'ai commencé à lire à voix haute le message d'Antoine. Je n'ai pas pu garder mon sérieux longtemps.

Nous étions surexcitées. Nous avons parlé de lui. Puis les filles ont commencé à parler d'autre chose. J'écoutais d'une oreille et relisais mentalement le message qui était sur mon portable, serré dans la poche de mon short. J'imaginais les scenarii qui pouvaient en découler. Les histoires étaient à chaque fois plus belles.

J'ai pris le dernier car. Le chauffeur avait changé.

Dehors, la lumière était atténuée. En hiver, il aurait fait nuit depuis longtemps. Nous avons de nouveau traversé la Rance. Cette fois, je ne prêtais attention ni à la mer ni à ses bateaux. J'essayais de retourner sur le pont des Arts. Lui aussi s'en souvenait.

J'ai mis mes écouteurs et choisi une chanson de Véronique Sanson. Je jubilais chaque fois que le refrain arrivait... *car celui qui n'essaie pas, ne se trompe qu'une seule fois...* Je ne cherchais pas à retenir mon sourire que je devinais béat. Je savourais chaque battement. Je me laissais porter par les virages, les accélérations. Je regardais bien plus loin que le large et me disais que oui, j'avais bien fait d'essayer. »

« Bien sûr, je lui ai répondu. Mais pendant les quelques semaines de vacances qui ont suivi, nous n'avons échangé que deux, trois, peut-être quatre messages. Ceux-là, je ne m'en souviens absolument pas. Ils n'avaient aucune importance. Surtout, je ne voulais pas qu'ils aient la moindre importance. Je n'avais aucune envie de le découvrir par texto. Je voulais apprendre à le connaître en le regardant, le découvrir par ses gestes. Je voulais le conquérir de vive voix. Je voulais me risquer face à lui, sans écran. Je n'avais pas envie de le séduire, de lui suggérer quoi que ce soit avec un clavier. Le risque virtuel, je l'avais déjà pris en envoyant le premier message. C'était alors indispensable. Désormais, il était indispensable d'attendre la rentrée.

Et en attendant, Sarah, quand Marlon Brando m'a proposé de venir chez moi une après-midi, j'ai dit oui. Je lui ai ouvert la porte. Il était encore plus beau que lorsque j'avais clamé sa beauté sur la chaise haute. Nous avons marché jusqu'à la mer. Je regardais droit devant moi lorsqu'il me parlait. Puis nous nous sommes baignés. Furtivement, je l'observais entre deux brasses, les yeux mouillés. Mes pieds ont alors touché le banc de sable. Il m'a frôlée. Ses mains se sont posées contre ma taille. Il m'a embrassée en me sortant de l'eau. Et moi, Sarah, je me suis agrippée à son cou, à ses épaules, à son torse.

Non, Sarah. En attendant, je n'ai pas pu dire non. »

Sarah pensait à la beauté de Basile.

C'était un mois plus tôt, à une fête chez Marie.

Sarah avait préféré arriver tard. Elle avait débarqué dans la rue en pleine nuit, une bouteille de gin dans un sachet blanc. Dehors, on n'entendait que la soirée. Un semblant de chanson, des cris, un vacarme plein d'ivresse. Les fenêtres étaient grandes ouvertes.

Dans les escaliers, Sarah avait reconnu quelques rires. Sur le palier, la porte tremblait. Quelqu'un avait fini par lui ouvrir, et elle n'avait pas entendu ce qu'il lui avait dit. Elle n'entendait rien. Dans l'entrée, il faisait déjà chaud et on ne voyait rien. Sarah avançait sur les manteaux étalés sur le sol, jusqu'à la cuisine, jusqu'au frigo.

La musique s'était arrêtée dans le salon, et elle avait entendu une voix. Une voix belle et chaude. Ç'avait saisi ses épaules, sa poitrine. Sarah avait avancé dans la salle comble pour voir. Oui, cette voix avait bien un visage. Celui de ce garçon, qui passait par-dessus une chaise, une table, et qui était en hauteur désormais, magnifié par son sourire. Un sourire de la chance. *Des dents de lait quand il sourit... quand il chante...* Sarah avait pensé à Brassens, à l'enfance, aux longs trajets en voiture vers le Sud lorsqu'il ne fallait pas quitter le soleil des yeux, le front contre la portière. Elle aussi voulait qu'il le sache, et ses yeux étaient entrés dans les siens. Sarah avait oublié son verre, ses jambes. Ils se souriaient. Tout ce dont elle était certaine, c'était qu'elle était quelque part et que le ciel était bien là, sous le sol secoué par les basses. Oui, le ciel était sous elle.

Puis Marie l'avait arrachée à lui. Elle était passée devant Sarah, de bras en bras, et avait saisi le sien. En la saluant, elle l'avait entraînée avec elle, ailleurs. Sarah ne voulait pas. Elle ne remarquait pas les pièces qu'elles traversaient. Elle ne sentait ni la main de Marie, ni le tapis de bain sous ses talons. Elles étaient dehors désormais, sur le balcon, pour fumer. Sarah se préparait à partir.

Mais il était venu. Il était là, dehors, devant elles. Sarah était donc restée. Elle sortait une cigarette, lentement. Elle essayait de ne pas fixer les lèvres, les boucles blondes. Elle regardait ailleurs. Elle ne savait pas alors qu'il s'appelait Basile.

Les rires résonnaient dans la cour. Les trois acolytes étaient tassés sur le balcon, face au lavabo et aux serviettes. Ils ne pensaient pas aux immeubles immenses et endormis derrière eux.

Sarah s'était autorisée à le regarder. Il continuait de rire mais ne la regardait pas. Toujours pas.

Elle avait déjà le cœur serré lorsqu'il partit.

« J'ai trouvé un autre appartement à Paris, moins cher que le précédent et beaucoup plus gai. Il ressemblait à une toute petite maison. Il était fait de plein de petites pièces : une cuisine minuscule, un salon étroit, des toilettes séparées où il faisait toujours froid et, au fond, une chambre plus spacieuse. La salle de bains était à peine plus grande que la douche. L'appartement était dans son jus, mal isolé, mais chaque recoin avait du charme. Il y avait des fenêtres partout. J'ai tout de suite aimé les courants d'air, la tomette froide sous mes pieds dans la cuisine.

Cette fois-ci, ce n'est pas mon père qui m'a aidée à emménager. C'est ma mère. Elle a emporté mes cartons qui n'avaient pas bougé de la cave de l'été, et nous les avons déballés ensemble à Paris. Nous n'avons pas cherché à optimiser l'espace, non. Je n'avais pas grand-chose de mon ancien appartement. Seulement mes vêtements et quelques cadeaux que mes parents m'avaient offerts pendant mes deux années de prépa, à chaque Noël, pour rendre mon quotidien plus agréable (une bonne machine à café, etc.). Nous avons cherché à remplir l'appartement comme nous le pouvions. Ma mère a fait les choses en grand. Elle notait ce dont j'avais besoin, et imaginait sur les rares étagères des babioles inutiles. Pendant deux jours, nous avons chiné, décoré, chargé. J'avais désormais des jolies lampes, des photophores, un range-magazines en osier. Nous avons accroché au mur du salon un tableau qui nous avait fait rire chez Emmaüs. J'avais même, dans ma cuisine où nous pouvions à peine entrer à deux, des pots de fleurs avec des boutures de succulentes.

Le dernier soir avant que ma mère ne reparte, nous avons sorti un pack de bières. Je ne trouvais pas le décapsuleur. Ma mère n'a pas moufté. Alors que je m'apprêtais à chercher dans les étagères, elle a détaché les bières du carton. Elle a pris une première bouteille, déposé le goulot contre le rebord du petit frigo blanc, et frappé la capsule d'une main, d'un coup sec, pour l'éjecter. Je n'ai pas eu le temps de comprendre. La capsule avait volé. J'étais fascinée. Par le geste lui-même, précis et habitué, mais surtout par l'aisance et l'indifférence totale de ma mère pour ce qu'elle venait de faire. Elle avait dû décapsuler des bières ainsi, des centaines de fois, contre n'importe quel support. Je l'ai imaginée faire ce geste dans des soirées bondées et anonymes des années 1980, soirées enfumées. Je l'ai vue faire ce geste sur de la pop, sans être en rythme, collée à ses amis que j'ai toujours connus et à d'autres que je ne connaîtrais jamais. *Apprends-moi ! – Quoi ? – À décapsuler comme ça ! – Ah.* Elle m'a montré comment faire avec la deuxième bouteille. J'espérais rattraper mon retard. J'espérais vivre à mon tour les années étudiantes de ma mère. »

Sarah jetait un œil au salon vide.

Cette nuit-là, c'était la pièce la plus assumée, la plus tapageuse. Ils y étaient plus de cinquante. Des jets de lumière verte et rose virevoltaient sur les tops, les jeans, les robes moulantes.

Basile était parti. Elle ne savait même plus ce qu'elle était en train de boire. Le soleil se levait. Les murs s'éclaircissaient. Elle regardait ses mains. Elle n'aimait pas tenir un verre à l'aube.

Il faisait jour mais les lumières disco défilaient encore sur le papier peint. Sarah était adossée à la porte. Ils étaient tous pleins d'énergie, resplendissants, comme si la soirée commençait. *Comment font-ils ?* Une main lui arrachait son verre, pour l'échanger contre un gobelet. C'était Marie, avec de l'eau fraîche. Sarah le porta à ses lèvres, un peu gênée. Première gorgée. *Danse avec nous maintenant.* Marie l'accueillait avec elle, avec elles, avec eux, sous les rires enthousiastes. *Mais comment font-ils ?* L'eau ruisselait encore sur les lèvres de Sarah. Deuxième gorgée. Elle était debout parmi eux et ne bougeait pas. Elle souriait, pour les rassurer, mais aussi parce que leur bienveillance contrastait avec leur déchaînement. *Mais comment font-ils ?* Troisième gorgée. Elle commençait à bouger la tête, les jambes, en rythme. Machinalement. Elle poursuivait, en fermant les yeux par intermittence. Pour que la musique lui revienne. Quatrième gorgée. Et la musique lui était revenue. Elle l'entendait de nouveau, et la laissait s'emparer d'elle. Sarah posait son gobelet d'un geste qui lui semblait vaste, gracieux. Elle dansait, et vraiment cette fois, sous les regards satisfaits de ses complices du matin. Marie la prenait contre elle. Elles oscillaient ensemble désormais, sous les dernières lumières bleues.

Les visages défilaient. Sarah tanguait. Ils la confortaient, la soulevaient dans son ivresse. Elle était en nage. Elle aurait aimé être une toupie pour les voir un à un, tous, toutes, plus vite, jusqu'à ce qu'ils ne fassent qu'un, encore plus vite, jusqu'à ce qu'ils ne fassent qu'une. Elle sentait dans son dos ses cheveux trempés.

Près de la cheminée, Marie s'était tue.

Sarah regardait son amie. Ses traits s'étaient tendus. Sa gorge tremblotait.

Sarah a compris que Marie cherchait du courage pour dire quelque chose qui était là depuis un moment. Elle n'avait d'ailleurs pas besoin de l'entendre.

Mais elle a laissé son amie articuler avec peine, d'une voix lourde de nostalgie :

« Puis... puis il y a eu Antoine. Et, avec lui, mes plus beaux matins. »

II

II

« Je ne peux même plus te dire qui a informé l'autre de son retour en premier. Intuitivement, je dirais que c'était moi, mais je ne sais plus. Tout cela n'avait pas d'importance. Ce qui compte, c'est que la rentrée était passée, que c'était l'automne, et que nous étions tous les deux à Paris.

Avec les copains de prépa, nous célébrions en permanence notre nouvelle vie. Les heures de leçons et de khôlles étaient derrière nous. Nous étions tous à l'université. Eux avaient choisi l'histoire, la sociologie. Tout était devenu simple, facile.

Nos relations s'étaient libérées du scolaire, de l'académique. Oui, nous parlions encore de tel ou tel auteur, de tel ou tel cours de prépa. Mais c'était uniquement pour débattre entre nous, pour jouer, place de la Contrescarpe, aux étudiants que nous espérions bohèmes. En tout cas, c'était pour nous. Nous ne citions plus les auteurs dans la perspective d'une copie double. Ce n'était plus de la récitation mais de la contemplation, du plaisir. Parlait qui voulait.

Les passions pouvaient désormais éclater. Nos cœurs s'ouvraient. Je ne sais pas si c'est moi, mais, soudainement, mes amis étaient tous devenus très désirables. Un livre posé sur la table près de leur café, leurs doigts qui roulaient une cigarette. Les lèvres qui s'y posaient. En clamant, en riant, en se révoltant. Ils étaient à la fois reposés et passionnés, sereins et exaltés. Ils pétillaient d'intelligence et de bonheur.

Entre nous, nous sommes devenus curieux.

Lors d'une énième soirée, dans une maison en banlieue cette fois, la présence de François m'est soudainement devenue indispensable. Je ne pouvais plus le quitter.

Nous étions dans la cuisine, seuls, complices, la porte fermée. Nous préparions, à l'écart du son des basses, des pâtes que personne ne voudrait manger. Nous nous rapprochions l'un de l'autre, discrètement, au fil des mots et des blagues, pendant que l'eau chauffait. Nous la laissions bouillir depuis une éternité.

C'est alors que mon portable a sonné. C'était un message d'Antoine. J'avais chaud, j'étais rouge. Antoine me demandait ce que je faisais. Je lisais à voix haute les quelques mots devant François, répondais et demandais : *Et toi ?* Antoine était également avec des amis. Ils proposaient de nous rejoindre.

Mon cœur battait dans mes tempes. J'avais peur. Mais Antoine me proposait de venir, et j'étais prête. Je lui envoyai l'adresse.

François me regardait toujours. Il n'était pas affolé à l'idée qu'Antoine vienne. J'ai senti qu'il avait seulement encore plus envie de m'embrasser, de me prendre contre lui.

Super, on arrive! Antoine était parti. J'ai laissé tomber les pâtes et refermé la porte en abandonnant François. Un petit pincement au cœur. *Pourquoi ce soir? Pourquoi m'écrivait-il ce soir?* Je retrouvai la musique, puis la fuis de nouveau. Je montai à l'étage, jusqu'à une salle de bains. Je voulais seulement me regarder dans une glace, me rassurer. J'étais plutôt bien. Cela irait. Il fallait seulement que je me calme, que je sois un peu moins rouge. J'ai fait couler de l'eau très froide sur mes doigts et me suis tamponné les joues. J'ai bu quelques gorgées au robinet, comme à l'école. Je m'essuyais la bouche d'une main en vérifiant mon portable.

Il ne tarderait pas.

Je me regardais une dernière fois. J'étais toujours rouge, mais ce n'était pas grave. Je suis sortie lentement. Je voulais regagner le salon le plus tard possible. *Y serait-il alors?* Je me sentais un peu ridicule de vouloir *faire mon entrée*, de chercher à être élégante. J'étais en jean et en pull.

J'ai descendu les premières marches. François m'attendait en bas, seul dans l'entrée. J'ai compris à son regard qu'il fallait que je m'arrête. Il a enjambé les quelques marches qui nous séparaient. Il était à ma hauteur, une marche au-dessous de moi. Ses grands yeux noirs me perçaient. Je perdais l'équilibre lorsqu'il a posé sa bouche contre la mienne. Sans me toucher. Sa main restait sur la rampe, à quelques centimètres de mon index. Il embrassait si bien que ce seul contact, si circonscrit fût-il, suffisait à me transporter. Je pouvais oublier les marches et trébucher, je pouvais oublier Antoine. *Était-il là?* Antoine. Je repris mon chemin.

Mais je n'ai pas pu m'empêcher de sourire à François d'une façon qui, Sarah, ressemblait à une promesse.

Je suis arrivée dans le salon. Ils avaient augmenté la musique. *Il est peut-être là et je viens d'en embrasser un autre.* Je scrutais la foule, les silhouettes anonymes dans la pénombre et la fumée des cigarettes. Parmi elles, ses cheveux à lui. Antoine était là. Il était en train de me regarder. Il avait dû me chercher. Peut-être pour se raccrocher à un visage connu, peut-être pas. Je me suis avancée vers lui en oubliant celui qui me suivait. Je n'ai pas remarqué les amis d'Antoine autour de lui. La fille au foulard. Antoine et moi, nous nous sommes salués, nous nous sommes souri. La musique était trop forte pour qu'on puisse parler. Nous nous contentions de regards complices. Il a sorti des bouteilles de son sac à dos et je lui ai tendu un gobelet. Nous avons rejoint la foule pour danser, comme si c'était la chose la plus naturelle à faire. J'y retrouvais ses yeux, ses dents de travers, ses mèches en bataille. J'avais encore terriblement envie d'aller vers lui. Je réalisais que ce garçon que je connaissais si peu m'avait manqué. Je remerciais sans le dire tous ceux qui me bousculaient et me poussaient vers lui. Antoine s'est penché pour me dire quelques mots à l'oreille. Je m'attardais contre lui pour le sentir contre moi et connaître son odeur. Je n'entendais rien. Nous nous éloignions un peu, sous l'œil noir de la fille au foulard qui nous observait, adossée contre un mur. Nous nous regardions sous les lumières saccadées du stroboscope. Les verres se renversaient autour de nous, sur nous, ce qui nous ravissait. Il était devant moi. Tout me paraissait évident. Comme lorsqu'il avait surgi sur le pont, comme lorsqu'il avait claqué la porte. Antoine était Antoine. Antoine serait Antoine pour moi. Mes yeux ne le lâchaient pas. Lui non plus ne me quittait pas du regard. Il était venu, Sarah, et pour moi cette fois, c'était sûr. Il avait eu envie de me revoir, tout comme il avait eu envie de me répondre, et même peut-être de m'aborder des mois plus tôt. Une histoire commençait, et ce serait la nôtre. Plus jamais je n'accepterais que l'on vienne me chercher, que l'on m'emmène sans lui. Non, plus jamais je n'accepterais de lui dire au revoir.

Ses amis restaient là. François aussi. Il fallait que je nous isole. J'entraînai Antoine avec moi. Nous irions vers un balcon, vers la cuisine, n'importe où. Il me suivait. J'aurais aimé lui prendre la main. J'avançais devant lui jusqu'au bout du salon, puis dans le couloir étroit et bondé de monde. Je me retenais de vérifier qu'il était toujours là, derrière moi. Il fallait que je trouve un prétexte pour me tourner vers lui, me rapprocher. Je continuais d'avancer le long du papier peint, sans connaître la maison, sans savoir s'il était toujours là. Quelqu'un a posé sa main sur mon bras. Antoine me suivait toujours et m'avait attirée contre lui, le long du mur, comme pour nous abriter du bruit et des lumières. Dans ce refuge sombre, je regardais sa bouche. Puis je sentais enfin ses cheveux contre mon front. Il voulait me parler. Mais on n'entendait rien. Il abandonnait et passait devant moi. Je restais collée au mur tremblant qui me paraissait soudainement froid. Je me ressaisissais et suivais Antoine à mon tour, en fixant son épaule.

Une poignée. Nous avons ouvert la porte et sommes entrés. C'était une chambre, avec un lit simple sur lequel nous nous sommes assis, seuls. Il avait pris avec lui une bouteille de vin rouge. Nous nous la passions pour prendre une gorgée, chacun à notre tour. Je crois que nous essayions tous les deux d'apparaître décontractés alors que nous ne l'étions pas, évidemment. Nous étions deux étrangers qui avions pris l'initiative de nous retrouver. Et nous étions assis sur un lit. C'était irréel. Antoine, le garçon qui était arrivé en retard, était assis à côté de moi sur un lit. Il avait de nouveau les joues rouges. Nos épaules s'effleuraient. Le goût du vin et son odeur se mélangeaient. J'avais envie de poser cette fichue bouteille, de le saisir par le bras et le renverser sur le lit, en arrière, avec moi. J'étais enivrée. Je mourrais d'envie d'essayer.

Et pourtant, je ne m'arrêtais pas de parler, de lui raconter des anecdotes, de m'esclaffer. Il riait beaucoup. Je le faisais rire. *Peut-être trop ?*

La porte s'est ouverte. La fille au foulard était là, droite et inquisitrice. Antoine s'est retourné vers elle mais ne lui a pas proposé d'entrer. Elle a refermé la porte.

Je n'ai pas eu le temps de souffler, de prendre conscience de mon soulagement, ni de me retourner vers lui. J'ai seulement entendu sa voix dire qu'il n'allait *pas tarder*. Ses copains *devaient l'attendre*. Il se levait. Oui, il venait bien de dire qu'il partait. Et il est parti.

Tu vois, Sarah. J'avais beau le faire rire, il n'en faisait rien. »

Ses cheveux n'avaient pas eu le temps de sécher lorsque Sarah était montée dans le métro après la soirée, au petit matin.

Elle s'était assise seule dans un carré et avait posé sa tête contre la vitre. La rame était vide.

Le quai s'était éloigné. Elle ne bougeait plus. Les couloirs commençaient à défiler à une vitesse... Un souffle lui chatouillait le front. Au-dessus d'elle, une fenêtre était entreouverte. En la regardant, elle s'était endormie.

Sarah ne sentait pas que le vent sur son visage était alors devenu le vrai vent, celui qui vient du ciel. Le métro était sorti de sous terre. Il serpentait entre les immeubles anciens, souvent vétustes.

Elle ne voyait ni les rues désertes ni les étendues de rails qui seraient bientôt chauffées par les premiers trains. Derrière, les berges du canal attendaient les promeneurs, les terrasses, les tables et le bruit.

Puis, sans savoir pourquoi, Sarah avait ouvert les yeux, et vu le bleu.

Le bleu du genou du garçon qui s'était assis près d'elle. Un jean clair.

Le bleu de son siège de métro.

Puis elle avait sursauté. *Paf!* au vacarme. C'était juste un paquet de chips. Elle était retombée. C'était juste un paquet de chips qui avait explosé. Elle était encore ivre. Un petit sachet bleu électrique dans lequel son voisin avait plongé sa main.

Son voisin ne bougeait plus. Il la regardait. *Un chips?*

Sarah avait souri devant cet accent, anglais ou américain, devant ce regard doux qui tranchait avec ses cheveux ras.

Il avait interprété son sourire comme un oui. Sarah avait donc pris une chips et l'avait portée à sa bouche. Elle faisant semblant de regarder le ciel. Elle pensait : lui non plus n'a pas dormi. Ses cils oscillaient d'un immeuble à l'autre.

Aujourd'hui encore, Sarah n'aurait pas d'explication. Elle serait incapable de dire si c'était lui, si c'était elle, ou si c'était la nuit qui voulait les consumer encore, jusqu'à leur dernière goutte d'ivresse et de fougue.

Mais c'était bien ensemble qu'ils étaient descendus à la station Jaurès, pour acheter un autre sachet. Leurs manteaux s'étaient frôlés lorsqu'ils avaient appuyé sur les boutons du distributeur. Des chips, mais aussi une barre Grany à la pomme, un Fanta. Son voisin ne connaissait pas *ce canette*. Sarah avait eu du mal à maintenir le sachet, tremblante de la nuit, chancelante à chaque rire, à chaque pas devant les chaises orange du quai. À chaque pas devant lui.

Lev, il s'appelait Lev. Ils s'étaient arrêtés, faussement concentrés, dissipés. *Lev.* Il lui avait épelé son nom. Elle l'avait reçu d'un signe de tête. Lev. Elle l'avait. Il était américain. Il avait parlé de sa grand-mère russe qu'elle avait imaginée toute petite, tout au nord, dans un village blanc le long de l'Arctique. Sarah oubliait les métros qui sortaient des tunnels. Les mers polaires s'étendaient devant elle.

Elle avait levé la tête vers le panneau *Direction Nation*, et vu quatre chiffres de lumière. Elle les avait déchiffrés, éblouie. Il était 6 heures.

C'était l'heure à laquelle Lev était entré dans sa vie.

« Au réveil, j'avais envie de tout oublier. Sous mes draps, j'avais envie d'oublier qu'Antoine était venu, que nous avions dansé et ri. Car il était parti. J'avais envie d'oublier qu'il s'était penché vers moi dans le couloir. C'était juste pour me parler. Je ne voulais pas me lever. Il avait passé la soirée à me quitter. Et je ne voulais pas rester allongée, fermer les yeux, le revoir si proche de moi assis sur le lit, si atteignable. Il n'avait pas voulu rester. Il était parti.

Le lundi, à l'université, j'étais incapable d'en parler à mes amis. J'ai parlé de la maison bondée, du baiser avec François sur les marches, des murs qui tremblaient. Je ne parlais pas d'Antoine. Ils savaient pour le concours, pour la porte, pour le message dans le car. Je les avais bassinés avec mon espoir de le revoir un jour. Et je ne pouvais pas leur dire que ce jour était arrivé, et qu'Antoine était parti.

Le cours avait probablement commencé. Nous discutions devant la Sorbonne, nos cigarettes et cafés à la main. Ce café imbuvable pour lequel on pouvait retourner nos poches et nos sacs pendant de longues secondes avant de rejoindre l'amphi. Il nous était indispensable, à 10 heures, de commencer nos trois heures de cours de la journée avec cette dose de caféine à la main. Un professeur nous avait arrachés à nos lits. La prépa était bien loin.

Nous sommes entrés discrètement en amphi. J'ai regardé l'estrade sur ma gauche. Notre professeure venait d'arriver. Toujours debout, elle sortait de son sac ses notes et ses bouquins, tranquillement. Les professeurs ne semblaient jamais pressés. Ils prenaient toujours leur temps, en tout cas devant nous. Tout comme ils devaient prendre le temps de lire chaque mot, chaque ligne, de tourner chaque page, de flâner. Nous avons profité de ce temps pour saluer quelques copains sur les marches, au passage, avant de nous installer au fond de la salle. Je m'asseyais toujours tout en haut. Pas seulement pour pouvoir parler avec les copains et tricher un peu. J'aimais observer tout et tout le monde, les écrans d'ordinateurs, les prises de notes. J'aimais cette distance avec le professeur qui me rappelait que je pouvais l'écouter ou non, que j'étais adulte.

La professeure s'est assise et a commencé. À côté de moi, Juliette a attendu un peu et m'a posé de nouvelles questions sur François, sur la soirée. J'étais évasive, fermée. *Ça va, Marie? – Oui, oui, c'est juste que j'écoute...* Mais je n'écoutais pas. Comme chaque semaine, notre professeure nous expliquait ses questionnements, ses doutes quant au choix de l'auteur qui ferait l'objet du cours la semaine suivante. Je repensais à Antoine, qui m'avait écrit, était venu, mais ne voulait pas de moi. La professeure nous parlait de Barjavel, d'amour et de science-fiction. Je me revoyais dans le couloir, en train d'avancer derrière Antoine. Il avait passé la soirée à me fuir. Elle nous parlait de la rencontre entre Judith et Olof dans un salon. Il était assis juste à côté de moi sur le lit. Peut-être que j'avais trop parlé... Elle nous parlait du mariage de Judith, du temps qui avait passé. C'était à moi de faire en sorte de le revoir, personne d'autre ne le ferait. Elle nous parlait du monde qui était condamné et d'Olof qui se préparait à le détruire. Je ne pouvais pas compter sur lui pour le revoir surtout. C'est ça qui me rendait triste. Ils ne s'étaient pas revus pendant des années. Je ne le reverrais pas. Puis, dans un dernier élan, le monde envoyait Judith dans l'espace, dans une petite capsule, pour qu'elle retrouve Olof et le dissuade de détruire le monde. *Elle rouvrit les yeux. Il était là... Il était là. Elle était avec lui. Ils étaient l'un contre l'autre, l'un dans les bras de l'autre serré, sans poids, tournant lentement autour de l'axe du monde qui passait entre leurs chevilles, entre leurs genoux et leurs sexes, entre leurs ventres joints, entre les seins de Judith unis à la poitrine d'Olof, entre leurs visages et leurs regards.* Les baisers interstellaires de Judith... *C'était l'instant où ils venaient enfin de se trouver, et il durait depuis l'éternité...* J'avais tellement envie de le revoir.

J'ai murmuré à Juliette que je l'avais revu. Elle a tout de suite compris qu'il ne fallait pas s'enthousiasmer. J'ai continué. Antoine m'avait laissée sur un lit. Il était parti. *Organise une soirée chez toi et invite-le!* J'ai souri. Pourquoi pas. *Et tu m'invites aussi, hein!* Et pourquoi pas samedi. Juliette avait déjà retourné la feuille sur laquelle elle n'avait noté que l'intitulé du cours. Nous avons commencé par faire la liste de nos copains de la fac, qui se penchaient vers nous. *Vous faites quoi ? Ah ouais samedi ?* Les haleines de café et de tabac. Après les cours, en rentrant, je proposerais aux copains du lycée. Mais ils étaient tous à Rennes, ils ne pourraient pas venir. On mettait leurs noms entre parenthèses. La plupart de mes copains de prépa pourraient venir, c'était certain. Nous étions déjà à une vingtaine de personnes. Et, pendant les jours qui ont suivi, avec Juliette, nous avons invité au fur et à mesure toutes celles et ceux qui se trouvaient sur notre chemin : les connaissances croisées dans les couloirs de la Sorbonne, les amis d'amis rencontrés dans un café entre deux cours. Et le jeudi, à 13 heures précises, dans mon salon, j'ai laissé en plan mon assiette avec les restes de pâtes et des pelures d'orange. Les mains collantes, j'ai pris mon portable. Je me suis assise en tailleur sur le canapé. J'ai envoyé à Antoine le message convenu avec Juliette. Je lui écrivais que j'organisais une soirée le samedi, et qu'il était le bienvenu, lui aussi. »

« Le samedi matin, j'avais déjà préparé le salon. Je m'étais débrouillée pour emprunter des enceintes… À midi, j'avais déjà acheté les gobelets, le Sopalin et les chips. Je laissais tout dans la cuisine, sur les plaques de cuisson. Il n'y avait pas beaucoup de place mais, dans ces espaces étroits, tout pouvait se produire en une nuit. C'était à la fois un fantasme et une certitude, pour moi, pour mes amis.

Juliette était arrivée très tôt. Pourtant, Sarah, il n'y avait rien à préparer. Nous ne nous maquillions pas, et nous n'avions pas vraiment le choix dans nos tenues… Alors qu'elle était là, je prenais une longue douche et, les jambes pleines de crème, j'enfilais des collants neufs. J'attendais ce que je pensais être la dernière minute pour mettre ma jupe rouge, courte et droite. Et nous avons attendu… trente minutes… une heure… sûrement davantage… Puis un premier groupe est arrivé, et déjà il n'y avait plus de place dans le frigo pour les bières, plus de place dans la cuisine pour les packs ! Et à peine étaient-ils arrivés, que d'autres ont sonné. Je prenais un premier verre. Ils sonnaient encore. En quelques minutes, nous étions une trentaine de personnes dans mon petit appartement. Nous étions tous serrés les uns aux autres dans le salon et ma chambre. Je prenais un autre verre. Je voulais que la soirée prenne, qu'il se passe des choses entre toutes ces personnes qui ne se connaissaient pas. Je passais des bouteilles, le tire-bouchon, j'augmentais le son à chaque passage. J'avais chaud. Ils avaient tous l'air d'avoir chaud. Les copains de prépa s'étaient isolés dans la cuisine, *Marie, prends un shooter avec nous!* Les lèvres mouillées, impossible d'aller aux toilettes où Thomas s'était enfermé... *Thomas, tu fais quoi?* Grégoire et Victor tapaient à la porte en essayant de deviner quoi, et avec qui. *Eh, Thomas?* Évidemment, on ne pouvait rien entendre. La musique était encore plus forte. Je prenais un autre verre. Dans le salon, la grande partie des invités étaient agglutinés dans un nuage de fumée. Dans l'angle, Marion, une copine de la fac, était en train de discuter avec François... de manière très rapprochée, entre mon canapé et ma petite bibliothèque. Seule une personne avait réussi à s'écarter un peu de la foule. C'était Gaspard, un ami d'enfance de Juliette. Il était à la fenêtre, à moitié assis sur le garde-corps. Il portait un col roulé noir et fumait seul, en retrait. Il se contentait de répondre aux inconnus qui l'abordaient, sans quitter la salle du regard. Il jouait au garçon impassible. Ses yeux pétillaient de malice. Il faut dire que Juliette l'aimait depuis longtemps.

Il était plus de minuit. Ils étaient tous là, et même d'autres. Mais pas lui. Je me souviens avoir fixé mon gobelet vide, ses dernières gouttes de vin rouge. Je mordillais le plastique. Je ne le reverrais pas. Je n'avais plus envie de me servir. J'avais trop bu, je le sentais d'un coup.

Je me suis réfugiée dans ma petite salle de bains, le seul recoin vide. Je me suis servi un verre d'eau et j'ai jeté le gobelet dans la douche. Sans me regarder dans la glace, j'ai défait ma natte. Puis je suis retournée dans la chambre pleine d'amis, lentement. Je me suis faufilée pour rejoindre le salon, en laissant mes chaussures sur le chemin. J'avais mal aux pieds, j'avais envie que tout le monde parte. Mais je ne pouvais pas leur demander de partir tout de suite. Tout le monde dansait. Marion et François avaient disparu. La soirée était une réussite. Il fallait tenir encore quelques heures avant de m'allonger...

Je n'ai pas entendu sonner, mais j'ai vu de la lumière. Ce n'était pas lui. Pourtant, Sarah, je peux te dire que je n'ai pas été déçue une seconde en voyant ces cinq visages. Je n'en revenais pas. C'était les copains du lycée. Ceux que je regarde toujours avidement pour ne rien perdre. Ils avaient surgi de leurs rues rennaises. Ils étaient frais. Ils avaient laissé la Twingo à plusieurs rues. Ils avaient fait de longues pauses sur la route car l'une d'entre eux était sortie *très, très* tard la veille. C'est vrai qu'elle était patraque. Pourtant elle avait réussi à ne pas rentrer seule. Et pas avec n'importe qui. Je riais. J'embrassais ses traits tout fatigués. Je me tournais vers les autres, Morgane, Malo, Basile et Pierre, pour les toucher, pour les laisser me prendre dans leurs bras. Avec leurs manteaux sur le dos et leurs packs à la main, ils ont parcouru le petit appartement. Leurs regards s'attardaient davantage sur les visages et les corps inconnus que sur les meubles. Ils ont déposé leurs affaires sur mon lit. Les personnes qui s'y embrassaient ont fait semblant d'arrêter. Malo sortait les bières qui tombaient dans la couette. J'en prenais une pour Basile qui était déjà en train de toucher aux enceintes dans le salon. Au passage, dans l'encadrement de la porte, je décapsulais la bouteille d'un coup sec, comme ma mère me l'avait appris contre le frigo. Cela m'a valu quelques cris admiratifs. Je n'arrivais pas à cacher ma joie et entraînais Basile avec moi sur le canapé. Nous dansions debout. Les copains nous rejoignaient en savourant leurs premières gorgées. Les chansons que nous connaissions par cœur s'emparaient de nos jambes, de nos gorges. Puis Basile a commencé à chanter fort, plus fort que nous tous. En tout cas tellement mieux. Si bien que tout le monde l'écoutait, s'émerveillait, l'acclamait. Avec les autres, nous faisions ses choristes, ses muses, ses groupies. Les bras levés. J'ai mis du temps à voir la bière fraîche que l'on me tendait, puis une éternité à l'ouvrir car Malo commençait à se déshabiller, en rythme, entre Basile et moi... Nous ne tenions pas en place sur le canapé. Le salon était devenu notre public, très réceptif et bruyant. J'étais comblée, secouée par mes copains qui m'arrosaient à chaque refrain. Je les repoussais en bondissant. Malo, torse nu, a voulu me prendre par la taille pour me jeter sur des amis qu'il ne connaissait pas... J'ai fait semblant de me débattre en cherchant rapidement une solution pour ma bière...

Antoine. Antoine a pris ma bière. C'était bien lui. *Je peux la garder si tu veux... sauter?* Il rigolait déjà. C'était trop tard pour les retrouvailles sérieuses et romanesques. *Mais depuis combien de temps était-il là ?* Il me regardait d'un air faussement embarrassé, avec un sourire qui voulait dire que nous avions l'air fous, mes copains et moi, et que cela lui plaisait. Peut-être que je lui plaisais aussi. En tout cas, Sarah, il était là. J'étais tétanisée par sa beauté qui m'avait empêchée de le saluer, de lui faire la bise, de faire ce que j'aurais fait avec n'importe qui d'autre. Antoine était là.

Et parce que mes copains étaient là aussi, j'ai bondi du canapé. Je ne sentais plus mes jambes, mais mes pieds ont bien touché le sol. Je n'avais pas trébuché. Je sentais derrière moi l'énergie de mes copains – ils continuaient de sauter dans mon dos. Et, comme s'ils m'avaient poussée eux-mêmes, je me suis élancée vers Antoine. Je m'arrêtais devant lui. Il souriait toujours en me regardant, ma bouteille à la main. Puis, lentement, j'ai rapproché mon visage du sien, à un point tel qu'il ne pouvait plus douter de mes intentions. Et il les a comprises, Sarah. Puisqu'il m'a embrassée.

Antoine m'embrassait. J'avais envie d'ouvrir les yeux, pour le voir lui, et pour regarder les copains que j'entendais me charrier. Je devinais leurs blagues, les regards complices, et leur danse agitée que pouvait provoquer un baiser. Je ne pouvais m'empêcher de sourire, les lèvres contre celles d'Antoine...

La musique ne s'arrêtait pas, mes amis ne se calmaient pas, les silhouettes ne se desserraient pas. Nous étions pris en otages, et cela nous arrangeait. Nos baisers étaient sans fin. J'étais transportée et, en même temps, mon corps me semblait plus présent que jamais. Mes mains étaient bien là, ancrées à sa nuque. J'avais désormais le droit. Je pouvais toucher sa peau, ses cheveux. Son odeur devenait la mienne. Son goût devenait mien. Mon ventre était également lourd, lourd de désir. Il était devenu un aimant vers son jean que je voulais ôter, vers son bassin que je voulais prendre. Son souffle, Sarah. Son souffle m'autorisait tout. »

Sarah n'avait pas embrassé Lev ce jour-là. Elle lui avait dit au revoir à la station, et il avait changé de ligne. Contre le carrelage blanc du métro leurs rires résonnaient encore.

En arrivant chez elle, Sarah avait poussé la porte cochère de son immeuble de tout son poids. Sur les marches, son manteau tapait contre ses cuisses. Ses clés tintinnabulaient dans sa poche. Il y avait aussi son Labello abîmé et, surtout, tout au fond, le petit sachet bleu, sûrement déchiré entre deux anneaux du porte-clés. Elle ne le touchait plus. Elle le jetterait le lendemain. Elle savait qu'elle allait revoir Lev, et on ne garde pas un souvenir de quelqu'un que l'on revoit.

À chaque marche, elle regardait furtivement en bas, vers le vide. Oui, il fallait qu'elle le revoie.

Elle s'efforçait de ne pas regarder son portable. Elle espérait qu'il vibre le long de ses collants.

Elle regardait encore en bas. Elle n'attendait que depuis quelques minutes et pensait déjà à la chute.

Elle ne faisait plus attention aux six étages.

Elle n'avait pas son numéro. Lui seul avait pris le sien.

« À l'aube, nous n'étions plus que sept. Mes amis du lycée, Antoine et moi. Le soleil se levait pendant que nous mangions des pâtes, assis en tailleur sur la moquette fraîchement tachée de vin, de cendres. Mes genoux contre ceux d'Antoine. Derrière moi, la fenêtre était grande ouverte. Je riais, malgré le froid, malgré l'alcool qui descendait dans le sang. J'aimais sentir le vent, écouter les paroles décousues. Les gloussements penchés vers nos assiettes, la fourchette dans la bouche. Les dernières pâtes avec les mains, le ketchup sur les doigts, les doigts sur les murs. Je m'allongeais à côté de mon assiette vide. Antoine. Ses jambes. Je l'ai senti ramper discrètement jusqu'à ma hauteur. Je m'efforçais de regarder seulement mes amis. En attendant ses caresses. Et elles sont venues. Sa main se glissait dans mes cheveux, contre mon visage. Avec le vent. Je m'autorisais à lever les yeux vers lui. Il l'attendait. Il me regardait. D'un air sérieux cette fois, et très doux. Son regard accompagnait ses gentils mouvements. Ses yeux me disaient qu'il désirait se pencher plus bas, vers ma bouche.

Et le peu de distance qu'il tenait révélait que son besoin de me regarder était plus fort. Antoine me contemplait, dans la lumière du petit matin. J'avais l'impression que c'était la première fois qu'il me regardait, que moi-même je le voyais pour la première fois. Je ne me relèverais plus.

Et avec lui, Sarah, beaucoup de nos regards deviendront à leur tour les premiers. Tu vois, c'est pour cela que je n'ai pas réussi à te parler de coup de foudre tout à l'heure. Bien sûr, j'étais tentée de le faire. L'expression, les mots, étaient là. Ces mots magnifiques. Surtout en langue étrangère. *Love at first sight... L'amore a prima vista* ! Ah, Sarah, j'aurais tellement aimé te dire que quand Antoine a claqué la porte, ça a été *l'amore a prima vista* ! Peut-être que oui, ça l'était. C'était vraiment un coup, une claque. Mais avec Antoine il y en a eu plein d'autres, ça n'en finissait pas ! Pendant des mois, je me surprenais à le découvrir, à le saisir. Comme si c'était la première fois qu'il se trouvait là, devant moi. Il pouvait être en train de rire, d'étudier, de tomber nu sur le lit, n'importe. Et pour moi, à chaque fois, c'était la claque, un vertige. La rencontre était toujours brutale et merveilleuse. J'avais peur et je jubilais de réaliser qu'il pouvait aller encore plus loin, être encore davantage pour moi. Antoine allait toujours au-delà.

Après les pâtes, j'ai laissé ma chambre aux copains. Ils nous ont jeté à Antoine et moi, sans aucune discrétion, deux oreillers et un sac de couchage. Nous n'étions plus que deux. À même le sol, nous avons commencé un baiser interminable, de ceux qui laissent des traces sur la bouche le lendemain. Ces traces qui vont avec les marques des frottements sur les jambes, avec les odeurs de l'autre dans les cheveux, sur les doigts, sur les lèvres encore. Ces saveurs qui embaument chaque recoin de notre peau, sous la douche, quand il est parti et qu'on est désormais seule, le nez posé sur l'avant-bras. Son odeur est là aussi, elle est partout, à la fois nouvelle et réconfortante. On la retire avec l'eau, très doucement. En la savourant encore, encore un peu. Parce qu'elle ne reviendra peut-être pas, parce qu'elle part peut-être pour toujours avec l'eau. Et moi, Sarah, dans le salon, je ne cessais d'inspirer, le nez contre Antoine. Son odeur, je l'aimais déjà plus qu'un enfant chérit celle de son doudou. Je l'aimais plus que la mienne, même lorsque ma peau est gorgée de soleil, de sable et de sel. Et le soleil s'était emparé du salon, de nos corps nus allongés sur le sac de couchage que nous avions laissé ouvert. Je n'en revenais pas. Antoine était contre moi et me caressait. Mon propre corps devenait irréel. Je découvrais mes seins blancs contre son torse chaud, mes boucles contre son dos, mes ongles contre son bassin. Et cette bouche que j'avais tant désirée, Sarah – son sourire quand il avait claqué la porte, son rire sur le pont des Arts – me couvrait de mille baisers. Sur le ventre... les seins... comme pour me remercier de l'avoir attendu... la bouche... le cou... encore la nuque... comme pour me demander pardon de s'être fait attendre sur le lit, dans les couloirs... de nouveau le bassin... les cuisses... Paris se réveillait. Je penchais la tête vers la fenêtre grande ouverte. Oh, Sarah, je me découvrais mais savais que ce n'était pas le froid qui me faisait trembler. »

« Mes copains m'ont invitée au Quick pour *fêter ça*. J'avais mal partout après des heures à même la moquette. Et ces doléances me ravissaient. Elles me rappelaient le corps, les caresses et les baisers d'Antoine. Malo me gavait de frites. *Allez, mange !* J'étais affamée, mais freinée par mes rêveries. Antoine était parti gentiment. Les copains nous avaient réveillés avec leurs blagues depuis la chambre. Ça nous faisait beaucoup rire. Au début, j'étais la seule à répondre en criant à travers la cloison. Puis Antoine a renchéri à son tour, allongé sur le dos, caché par mon seul corps. Il a fait très bonne impression, concluait Charlotte, scotchée à son Coca. Pierre n'avait pas fait le lien avec l'histoire du pont des Arts, il fallait tout lui réexpliquer. Et ce n'était plus un fantasme, j'avais réussi. *Marie, t'emballe pas, hein. Pour le moment, t'as juste couché avec lui sur un coussin.* Mes amis avaient le sens de la romance. *Et la blonde, là ? Elle est tellement belle.* Je ne comprenais pas ce qu'ils avaient tous avec Marion. *Oh, ça va, Marie. Vas-y on t'écoute. Raconte, avec Antoine. Mais avant tout, est-ce qu'il a… tiens, par rapport à cette frite…* Malo me montrait une frite toute fatiguée par la mayonnaise. J'étouffais mon rire en mâchant mon burger. J'étais épuisée. Il n'y avait rien à faire. Je les aimais tant.

On te met dans le coffre ? J'ai regardé la Twingo partir. Il faisait nuit.

Sarah, je donnerais dix ans de ma vie pour revivre cette journée, de bout en bout, et l'année qui a suivi. »

« Un jour, il m'a invitée chez lui. Il vivait en colocation dans un appartement beaucoup plus grand et plus beau que le mien. Il venait d'emménager. Dans sa chambre, il n'y avait que des cartons de vêtements, des piles de livres, un matelas à même le sol, et une cheminée. Nous avons eu l'idée d'utiliser le carton pour faire un feu. Ce serait romantique. Déshabillés, nous avons déchiré des morceaux et nous sommes accroupis devant le foyer. En réalité, le carton se consumait trop vite et trop fort. Cela ne durait que quelques secondes, et nous nous brûlions. Nous avons fui les courtes flammes et nous sommes réfugiés, à l'angle de la chambre vide, au frais, sur le petit matelas. Pas besoin de couette ou de drap. J'aimais lui montrer mon corps. Il le rendait beau, poétique. Mon grand nez était devenu un nez de *poétesse*, mon dos celui d'une *funambule*. J'avais des seins de *femme émancipée*. Je touchais ses épaules de *tigre de Java*, et posais le nez contre ses joues de *coquelicot*. Il m'a confié que, lorsqu'il avait reçu mon message cet été, il s'était dit qu'il ne se passerait rien, et que maintenant, il ne voulait pas que je me lève. Sa voix avait légèrement déraillé. *Marie, c'est marrant, quand tu es touchée, tu te frottes les pieds.* Je ne l'avais pas remarqué. Et après lui, Sarah, personne ne le remarquera. Nous nous sommes levés le plus tard possible. À un moment, nous nous sommes retrouvés tous les deux dans sa salle de bains, devant son miroir, habillés. Il portait une chemise à carreaux, et moi mon pull noir. Je le verrais souvent avec cette chemise pendant les mois qui suivront, et lui me verrait souvent avec ce pull. Nous n'aurions pas le luxe d'acheter régulièrement des vêtements. Et nous ne le réaliserions même pas. Nous avons quitté la pièce, puis le grand salon où sa colocataire (je ne me souviens plus de son nom) prenait son petit déjeuner (je ne la reverrais jamais). Il m'a raccompagnée au métro. Je me souviens parfaitement que nous avons marché tout droit, dans une grande avenue couverte de feuilles mortes. Je revois les feuilles d'automne sur nos chaussures. Je me souviens précisément du *French kiss*, du manteau d'Antoine, des derniers mots avant de descendre dans la station. Je m'en souviens parfaitement, Sarah, car après il ne m'a plus quittée. »

« Après ses cours à Cachan, il venait chez moi. Je lui prêtais ma brosse à dents. Parmi ses notes d'étudiant, il y avait toujours un caleçon, une paire de chaussettes. Puis il est venu avec un sac de sport léger, contenant quelques affaires. Le connaissant désormais un peu, je savais qu'il avait de quoi tenir des mois. Et il est resté. Sans ces hésitations, ces conversations que j'ai eues depuis, sur plusieurs jours, pour prendre une décision. Aucune question n'a été posée. Nous nous étions simplement retrouvés chez moi un soir, puis les suivants. Un matin, il a trouvé quelqu'un pour sous-louer sa chambre. Le petit appartement que ma mère avait soigneusement meublé était désormais également le sien. Antoine se réveillait dans les draps fleuris, se servait un peu d'eau du robinet dans un mug Ikea, arrosait les boutures avec les dernières gouttes. Il m'apportait le café au lit. Ou une compote, un livre. La bibliothèque débordait. Nous lisions les livres que nous avions achetés en prépa et que nous aurions dû lire longtemps auparavant. Avec tant d'autres. Il a fallu acheter des planches de bois pour construire des étagères que nous n'avons jamais pris le temps de fixer. Antoine lisait des bouquins de sociologie, d'histoire, de politique, des BD et des poèmes. Moi aussi, et des romans pour deux. Nous avions gardé nos réflexes académiques, et soulignions au critérium les passages qui nous marquaient le plus, allongés sur le ventre, nus dans le lit. Nous lisions ces phrases à voix haute. Quand je retournais les livres qu'il laissait ouverts contre le sol, je tombais sur des pages toutes grises, où tout avait été souligné, d'un trait lent. Toutes ces lignes étaient désormais ancrées dans sa mémoire, acquises sans besogne pour toujours. Antoine apprenait facilement car il était passionné. Il n'aimait pas l'argent, et pouvait parler du krach boursier de telle date pendant des heures. Il n'était pas religieux, oh non, Sarah ! et pouvait disserter sur la papauté au XIXe siècle mieux que n'importe quel curé. Il était parisien désormais, et quand je lui lisais un passage de Giono, il me décrivait avec précision les feuilles de chaque arbre. Tendrement, il me dépeignait les couleurs, les chants, les ailes de chaque oiseau. »

« Après avoir passé une journée au lit, nous avons pris un train de nuit vers les Alpes. Nous ressemblions à deux tortues, avec nos sacs à dos bourrés. Il m'avait dit de ne prendre que deux-trois sous-vêtements et un tee-shirt. On pourrait les laver dans les ruisseaux, avec le petit savon de Marseille. J'avais besoin surtout de deux pulls, un bonnet, et une bonne paire de chaussettes. Il portait ses affaires, la tente, et la nourriture : les boîtes de sardines, les barres de Lion, du fromage, le pain de campagne. Nous avions chacun un sac de couchage et un tapis de sol. L'altitude nous couperait l'appétit. Nous pourrions facilement tenir huit jours.

Nous sommes montés dans un vieux wagon, alourdis par nos chaussures de randonnée. Nous avons voyagé assis, évidemment, c'était moins cher. Nous avons ouvert le journal et survolé ensemble « La Mare aux Canards ». Nous nous sommes endormis l'un contre l'autre. C'était généralement lui qui dormait sur mon épaule.

En sortant du train, l'air était frais et pur. Nous avons

mangé un Lion à la sortie de la gare, pour le petit déjeuner. Puis nous avons fait du stop jusqu'aux montagnes. À l'arrière de la voiture, dans les virages étroits, nous nous cognions l'un et l'autre aux portières et à nos gros sacs. Antoine était exalté. Il me montrait en les nommant chaque mont, chaque pointe, chaque relief. Je regardais les paysages que je voyais pour la première fois, et tournais de nouveau la tête vers mon compagnon de route, que j'aimais.

La voiture nous a déposés au pied d'un petit sentier rocailleux. Le premier jour serait le plus dur : il fallait grimper. Je n'y arrivais pas. Il portait mon sac, sans véritable effort, sur ses jambes maigres. Il me faisait parler pour me changer les idées. Mais je n'y arrivais pas.

Je m'agrippais comme je pouvais, en m'aidant des mains, le dos libre. Puis, après avoir repoussé sous moi une énième roche, j'ai compris que c'était l'avant-dernière. Puis la dernière.

La vallée s'étendait enfin devant moi. Elle m'a rappelé qu'il y avait des saisons et que nous étions au printemps. Des plaines de petites fleurs s'étendaient à perte de vue. Nous avons traversé des champs de marguerites et de chardons bleus, puis nous nous sommes abandonnés dans des herbes hautes, à l'abri de regards inexistants. Nous n'étions plus fatigués et nous nous aimions jusqu'à l'extase. Les vêtements défaits, je m'endormais sur son ventre. Quand j'ai ouvert les yeux, il n'était plus là. Une pensée violette oscillait près de mon visage, sous les derniers rayons de soleil, au rythme de la brise. J'ai compris que nous étions en fin d'après-midi, que j'avais eu le temps de dormir et de rêver. Au loin, Antoine était en train de monter la tente. Il avait sorti son bonnet de laine. Je m'assoupissais encore, en le regardant.

Nous étions coupés du monde. Nous dormions où nous voulions : face aux plaines, face aux lacs. La nuit, j'étais frigorifiée. Je ne pouvais quitter ni mon sac de couchage ni mes vêtements. Je dormais avec des chaussettes et un bonnet. Antoine gardait sa doudoune. Avec nos gros vêtements, nous étions tout confinés, *confinati*, dans la tente minuscule. Il m'embrassait où il pouvait. Il me couvrait de baisers au visage, il me prenait les mains. *Ma Marie... ma petite sainte... Ma Marie mère de Dieu...* Quand les rires s'estompaient, il devenait plus grave. Il me disait qu'il m'aimait. *Moi aussi, Antoine. Je t'aime.* D'autres larmes se formaient alors dans nos yeux... »

Assoiffée, Sarah avait posé une pinte d'eau sur sa table de nuit. Elle avait fermé ses stores et plongé sa chambre dans la pénombre, en laissant un trait de lumière, pour s'y déshabiller. Elle s'était allongée en sous-vêtements sur sa couette, son téléphone posé devant elle. Il était 8 heures du matin. Elle vérifiait une dernière fois l'écran. Aucune notification. Elle se mettait en mode silencieux, puis en mode normal. Elle n'entendait rien. Elle vérifiait. En mode silencieux. Pas de notification. En mode normal. L'écran n'avait pas le temps de s'éteindre. En mode silencieux. Elle ne cessait de toucher aux touches. Il ne se passait rien. Elle seule bougeait. Lev devait dormir. Elle allumait sa lampe de chevet, et attrapait le verre d'eau. Elle était surprise de se sentir bien.

Sans savoir pourquoi, elle s'était levée. Ses jambes étaient sur le point de flancher. La danse chez Marie. Elle sentait sa jeunesse dans ses membres engourdis, dans ses cheveux sales. Elle avançait droit jusqu'à la bouilloire et la lançait. Elle voulait que la nuit dure. Elle s'asseyait dans le salon avec la tasse bouillante. Elle allumait la radio posée par terre. Les infos lui rappelaient qu'il faisait jour et qu'elle n'avait pas dormi. Elle leur en était reconnaissante.

Les voix des chroniqueurs avaient alors cessé pour faire place à une mélodie. La chanson était réconfortante, comme un chœur… *I was dancing when I was twelve…* Sarah avait fermé les yeux… *I was dancing when I was twelve…* Billy Elliot sautait sur son lit ensoleillé… *I was dancing when I was out…* Sarah contemplait la poussière sur la couverture… *I was dancing when I was out…* le vinyle du grand frère en train de tourner…

Elle avait senti son bras faiblir, sur le point de lâcher la faïence lourde. Elle s'était ressaisie *in extremis.* La vapeur du thé se liquéfiait et perlait contre ses jambes. Elle laissait la bergamote couler, goutte par goutte. Elle pensait aux après-midi chez son arrière-grand-mère, sur le terrain derrière la maison. Elle cueillait les framboises. Puis elle les posait dans les vieilles mains, une à une…

Un chips? Lev aussi avait existé. C'était à la station Jaurès, devant un distributeur de quai. Oui, c'était tout à l'heure, après la soirée chez Marie.

Sarah luttait contre le sommeil et essayait de refaire sa soirée à l'envers, à partir du matin. Et le matin, elle y restait. Elle remerciait Marie, les gobelets d'eau, les lumières disco qui avaient défilé en plein jour sur les murs du salon, les silhouettes anonymes, la musique et la ville. Elle remerciait toutes celles qui l'avaient retenue jusqu'à l'aube, jusqu'à Lev.

« À mon tour, je l'ai emmené voir mes terres. La première fois que nous y sommes arrivés ensemble, il faisait nuit. Ma famille n'était pas à la gare. Je leur avais dit que nous irions directement voir la mer. *Oui, de nuit. Même s'il pleut, c'est pas grave.* Bien sûr, il pleuvait et il faisait froid. Nous marchions vite. À plusieurs reprises, je l'attrapais par le bras pour le retenir et l'embrasser devant les lumières du port. Elles m'éblouissaient plus que jamais, avec la pluie nocturne, avec Antoine qui était là, chez moi. J'étais euphorique. Nous montions en courant les marches de granite qui menaient jusqu'aux remparts. Malgré nos efforts, il était impossible de distinguer au loin la mer du ciel noir. Mais la mer était bien là, déchaînée avec nous. Les vagues se brisaient sur les murailles et finissaient sous nos pas. Antoine riait et m'entraînait avec lui vers les agitations marines. Je le retenais par le cou. J'avais entendu, depuis toute petite, des centaines d'histoires d'hommes, d'enfants, de poussettes emportés par les flots. Il continuait de rire et acceptait de fuir la catastrophe avec moi.

Le matin, dans le lit de mon enfance, il était là. Pendant de longues et délicieuses minutes, il parcourait mon dos, mon dos seulement. Avec sa main, sa bouche. Je frissonnais en regardant mon corps éclairé par la lumière de l'aube. Je me trouvais belle, dans ma chambre dérangée par le chant des mouettes et nos souffles.

Nous y sommes souvent retournés ensemble. Je lui apprenais à bien plonger, à prendre les vagues et nager au large. Il finissait par s'accrocher à ma nuque, et je continuais ma brasse en le traînant. Dans l'eau glaciale, ses bras tièdes me faisaient du bien, et ses caresses me chatouillaient. Nous buvions la tasse. Antoine et moi étions des *petits chiots*, comme l'avait dit un copain russe. Cela nous avait ravis. Nous regardions la plage s'éloigner au rythme de nos battements maladroits. »

« Sur les sentiers de sable que l'on dévalait jusqu'aux plages, j'arrachais des branches de genêts que je lui tendais. C'était peut-être des ajoncs. J'aimais lui offrir des fleurs. Dans le jardin de ses parents, je lui glissais des petites pâquerettes dans les poches. À Paris, la nuit, j'aimais jouer à l'amoureuse rebelle, et volais des jonquilles dans les jardinières publiques. Antoine, lui, m'offrait des fleurs pendant les manifestations. Des œillets rouges à un euro. *Œillet*. J'avais appris ce mot quand je devais avoir six ou sept ans, un jour de carnaval en hiver. Je défilais aussi ce jour-là, avec l'école, déguisée en fleuriste. J'avais un petit tablier et un panier en osier rempli d'*œillets* que ma mère m'avait dégotés avant de travailler. Ces fleurs me fascinaient car, rien que dans mon panier, elles existaient en rouge, jaune, orange, rose... parfois même en deux couleurs. Je refusais d'en donner à mes copains. En tout cas, pas avant la fin du carnaval. Je touchais égoïstement les pétales en marchant dans les rues avoisinantes de l'école. Nous défilions jusqu'à la place du marché où les crêpes nous attendaient dans du papier aluminium. J'en voulais aux *mamans qui ont fait les crêpes* (c'était toujours les mères) car elles mettaient une fois sur deux du rhum dans la pâte. Et subitement, Sarah, j'étais devenue une adulte, je manifestais dans les rues de Paris qui ne pourraient jamais m'être aussi familières que celles de mon enfance. Cela ne me dérangeait pas. J'acceptais le fait d'être toujours un peu étrangère et me raccrochais à l'œillet rouge. Antoine scandait des slogans à côté de moi, d'une façon à la fois timide et convaincue. J'avais du mal à crier et à chanter avec le cortège, mais j'étais sûre que sa voix était aussi la mienne. Je m'étais émancipée et en étais fière. Rougie par la marche et le soleil, le chignon défait et humide, je faisais toujours partie de la foule à la tombée de la nuit. Antoine se blottissait de plus en plus contre moi, au tempo des percussions, sur la place pauvre de drapeaux et riche de fumigènes. Nous rentrions toujours en Noctilien, épuisés, fous de joie, exaltés.

Du matin au soir, Sarah, je l'aimais. Du lever au coucher, j'aimais. Quand je m'allongeais, je veillais à poser la cuisse contre son bassin, son sexe, n'importe quelle partie de son corps. Le moindre contact de sa chair contre la mienne me reliait entièrement à lui, et m'assouvissait. Je pouvais alors fermer les yeux, sans nectar, sans berceuse. Et les rêves, Sarah, à l'époque, je n'en avais que faire. Je les aurais donnés volontiers à qui voulait les prendre ! D'ailleurs, rien ne valait les nuits où l'on dormait peu, où l'on dormait mal. L'un contre l'autre, nous trouvions toujours refuge et plaisir, même dans les heures saccagées par le stress, celles noyées de deuil et de chagrin. Je n'avais qu'un besoin, Sarah, sentir Antoine contre mes genoux… »

Son portable avait sonné. Sarah s'était endormie à même le sol. C'était son père. Si, si, elle arrivait. Le déjeuner. Elle enfilait un jean large sans se laver, et glissait son passe Navigo dans sa poche de manteau. Le petit sachet bleu était là. 267 rue Lecourbe. Elle connaissait par cœur le trajet. Elle passait le portique. *Un canette?* Elle avait souri en arrivant sur le quai.

Trois minutes d'attente. Elle s'était assise brusquement. Elle était encore ivre. Elle sortait son portable. Pas de message. Elle touchait encore l'écran.

Le métro était arrivé, avec beaucoup trop de gens cette fois. Sarah s'était glissée jusqu'au strapontin et s'y était affalée, sans s'excuser. Sa tête tournait encore. Elle peinait à sortir ses écouteurs, affamée. Elle cherchait *Vivo per lei*, la version avec Hélène Ségara. Ils l'avaient passée à la soirée et ça l'avait fait rire. *Je vis pour elle*, c'était ça, la version française. Malo chantait plus fort que le ténor, plus fort que Bocelli : il criait n'importe quoi, il hurlait : *piano forte! la morte!* et encore plus fort : *lontana!* Et Marie avait pris la relève en jouant à Hélène, en criant : *c'est ma plus belle histoire d'amour!* trop fort, beaucoup trop fort. Elle devait penser à Antoine. *Je suis triste et je l'appelle!* clamait-elle. Sarah, elle, ne pensait à personne, si ce n'était à Basile, qui lui ne chantait pas. Il était au fond de la pièce, en train de se servir un verre de Coca – un *cuba libre* donc – en riant. Puis, lorsque tout le monde s'était emporté sur le refrain, *vivo per lei!* Basile avait chanté lui aussi – ses dents d'enfant – et renversé son verre.

La peau de Sarah collait encore. Les sodas, l'alcool, la sueur. Les chips sur ses doigts. Elle touchait encore son portable. Lev n'avait pas écrit. Son écran sale s'éteignait doucement. Plus de batterie. Plus d'Hélène Ségara. Le noir.

Sarah s'était précipitée sur la première prise chez ses parents, celle dans l'entrée, près du sol. En s'accroupissant, elle avait tangué. Sa main s'était attardée sur le mur crème. Elle avait réalisé – ses parents en même temps – que la nuit était encore proche pour elle.

Elle avait englouti la baguette. Elle n'avait rien mangé de la nuit. À part les chips sur le quai. Lev. Le petit sachet bleu dans son manteau. Elle allait revoir Lev. Son portable se rechargeait dans l'entrée. Elle ne pensait qu'à son portable qui se rechargeait, petit à petit, comme si c'était le chargement qui ferait venir le message de Lev, comme si la batterie ne remplissait pas son portable mais son corps à lui. Elle engloutissait les pommes de terre. Il allait se lever, sortir son portable et écrire avec ses pouces, lettre par lettre. Elle ne prenait pas de dessert. Son portable devait être assez chargé désormais. Il lui avait donc écrit, et Sarah s'en délectait d'avance en faisant les cafés. À chaque pause de la machine Nespresso, elle parlait, parlait encore. Elle racontait à ses parents les soirées avec Marie – sa copine rencontrée en amphi –, puis les suivantes, jusqu'à celle de la veille. Elle racontait les chants, les lumières disco, et les silhouettes, les silhouettes surtout, qui n'arrêtaient pas. Si elle avait repris un café, elle aurait parlé du soleil qui s'était levé, des danses aux gorgées d'eau, et même du métro, des chips et de Lev. Après tout, pourquoi ne pas parler de Lev. Mais elle n'avait pas repris de café. Car il fallait retourner dans l'entrée.

Elle s'était accroupie. Sa tête ne tournait plus. Elle avait entré son code pin, et attendu que le réseau revienne.

Elle n'avait reçu qu'un message. Un texto d'un copain qui lui proposait d'aller au cinéma. C'était l'occasion de rééteindre son portable, et d'espérer encore, pendant deux heures au moins. Sarah avait dit oui.

« Un jour, bien plus tard, il est parti. Trois semaines. Tu te rends compte, Sarah, des années plus tard, je me souviens précisément qu'il était parti *trois semaines.* Je ne peux rien te dire sur ces semaines, à part le fait qu'il y en avait trois, et que j'étais déchirée lors du départ. Nous avions fait une dernière sieste l'après-midi. J'avais encore chaud. Dans le métro, mon corps collé au sien était encore humide. À la gare, je n'ai pas eu droit de passer les portillons. Je n'ai pas pu le suivre sur le quai, je n'ai pas pu faire comme dans les films. Je me consolais en me disant que je l'avais embrassé longuement, dans le hall de la gare, pendant la sieste. Et même dès le matin, la veille. Tous les jours précédents. C'est ce que je me disais en arrivant à l'appartement. Puis je me suis glissée dans le lit encore chaud, je me suis emmitouflée dans ma douleur. Je pleurais. Mon portable a sonné. Je pleurais en décrochant. C'était ma tante. Je pleurais encore. Je lui ai dit pour la gare, pour le manque, la peur du manque. Elle me disait qu'elle aussi, à mon âge, était dévastée quand mon oncle partait. Mes sanglots se sont calmés. Mais j'ai commencé à pleurer en silence pour une autre raison, beaucoup plus violente. Il n'était plus question de manque, de peur du manque. Mes larmes étaient devenues rares et lentes. Elles me brûlaient. Je fixais le mur. Je commençais à formuler une évidence. Comme si elle était inscrite devant moi. J'avais un poids sur le cœur, Sarah, depuis un moment... Je l'avais depuis que je connaissais Antoine.

Je l'aimais, Sarah. Mais lorsque j'ai entendu : *moi aussi, j'étais comme toi...* tout a défilé. La tête penchée dans le vide, je voyais tout. Les nuits que ma tante avait dévorées jusqu'à l'aube avec mon oncle, sur les petites routes entre les champs bretons, secoués dans sa vieille Lotus deux places. J'ai vu tout leur bonheur, la dentelle de sa robe contrastant avec le noir corbeau de ses cheveux, les marées hautes, les enfants qui surgissent, la tendresse, l'amour qui ne cesse de croître, les réveils aux biberons de chocolat chaud.

J'aimais Antoine. Mais nous étions partis pour ce bonheur-là, Sarah, et ce n'était pas le mien. Je n'avais aucune idée d'où venaient ces certitudes, mais elles étaient là. Un voile s'était posé.

Trois semaines plus tard, il est rentré. Nous marchions ensemble, et je voyais la route. Une route avec des virages, plein de virages, à sens unique. Il était impossible de faire demi-tour. Il y avait des glissières, avant chaque tournant, à perte de vue. Je ne pouvais pas les enjamber. J'avançais mais je n'avais plus de jambes. Antoine, lui, était bien réel. Il marchait à côté de moi avec son sac. Je me surprenais alors à lui en vouloir d'être revenu, d'être planté là sur la route avec moi. Ce bonheur, ce n'était pas le mien. Je ne nous comprenais plus. Ce n'était pas le sien non plus. »

« Pendant les semaines qui ont suivi, je n'avais plus du tout envie de rentrer. Un soir, par exemple, alors que je sortais de cours, je regardais les jambes fines d'un copain. Elles flottaient dans son jean. Je me suis surprise à me dire que je ne les avais jamais touchées. Je levais la tête. Je n'avais jamais goûté sa peau. Il mettait les mains dans ses poches. Le froid le faisait frissonner et s'esclaffer. Il souriait à la moindre occasion, comme pour me dire qu'il était normal d'être là, tous les deux, sans les autres, sur ce trottoir minuscule pris en otage par les voitures. Les conducteurs savaient où ils allaient. Nous, nous sommes rentrés dans le premier bar, surpris par le silence de la clientèle éparse. Nous avons partagé une bouteille. Ses lèvres étaient teintes, asséchées par le vin. J'aurais aimé les mouiller. Le bar a fermé et nous avons avancé vers le métro. Une fois arrivés nous avons fait semblant de parcourir un plan, ces plans que nous ne regardons jamais, du bout des doigts – *Ah oui il vaut mieux prendre la 5 à Jacques-Bonsergent.* J'aurais pu le frôler à cet instant mais nous étions déjà repartis vers une autre station. Il me semblait si loin. Encore la suivante. Puis il m'a dit qu'il pouvait faire un dernier détour, et il est monté avec moi dans la rame. J'étais trop agitée pour m'asseoir. Je restais debout en face de lui et ne me raccrochais pas à la barre. Je voulais qu'il se penche vers moi. Je voulais qu'il me mette dans une situation inextricable. Le métro avançait. Je trébuchais et il ne me touchait pas. Lorsque le métro freinait, il restait droit. Sa main était sur la barre et son visage me rappelait la place qu'Antoine prenait dans ma vie. Antoine dont le nom ressortait systématiquement de ma bouche. Antoine qui m'attendait dans le lit dans la position qui était la sienne, lorsqu'il était seul, et que je connaissais par cœur pour l'y avoir retrouvé si souvent. Antoine qui désormais gardait un caleçon pour dormir. Je me glissais contre son dos. Contre mon ventre, le morceau de tissu. Une barrière, une défiance. C'est ainsi qu'Antoine m'attendait. Recroquevillé en caleçon sous la couette, de son côté du lit, contre le mur. Du moins, c'est ainsi qu'Antoine dormait. Antoine dont je ne connaissais plus les rêves.

Je suis sortie du métro. Je n'aimais pas la situation qui m'attendait, ni celle que je laissais.

Sur le palier, j'ouvrais la porte blindée en faisant le moins de bruit possible... »

Devant Sarah, le visage de Marie s'était figé :

« J'ai soudainement été heurtée par la lumière. La porte a claqué derrière moi. Dans le salon, il faisait jour. C'était la lumière de la rue, celle des lampadaires. »

Elle s'efforçait de sourire.

« Il m'avait fallu une seconde pour comprendre qu'Antoine n'était pas repassé à l'appartement. Personne n'avait fermé les volets. Le vin virevoltait dans mes membres. J'étais seule. Je traversais la chambre vide en pensant à lui... »

Ses joues s'étaient relâchées.

« Lui non plus ne voulait pas rentrer. »

« Bien sûr qu'il ne voulait plus rentrer… Nous avions passé des mois cloisonnés dans une chambre, cloués à un lit. Nous avions vingt-trois ans et notre jeunesse était ailleurs. Nos avenirs étaient dehors, dans les autres. Il fallait avancer. Et pour cela il fallait sortir. Il fallait quitter les compotes et la couette chaude.

Les films et les livres, ç'avait été très bien, mais il fallait les vivre désormais. Antoine parlait d'Aragon, du goût de l'absolu, de Bérénice. *D'où lui venait ce goût de l'absolu, je n'en sais rien.* Il me disait que j'étais sa Bérénice. *Bérénice avait le goût de l'absolu…* Je le regardais s'emporter. Je ne disais rien. Lui aussi, il était ma Bérénice, depuis deux ans. Il était ma rebelle aux cheveux coupés.

C'est ce qui nous avait propulsés l'un contre l'autre, comme une vague…

Et c'est ce qui nous a séparés. »

Sarah avait éteint son portable avant d'arriver dans le hall où se trouvait Nicolas.

La salle avait plongé dans le noir et elle en avait profité pour ne penser qu'à Lev, rien qu'à Lev. Elle ne remarquait pas qu'une personne devant elle l'empêchait de lire la moitié des sous-titres. Et lorsqu'elle l'avait remarqué, et vu que le film était en polonais, elle n'avait pas bougé.

Elle n'avait pas envie d'entrer dans la fiction. Bien installée dans son fauteuil, le manteau en boule sous un bras, elle pensait au métro, à la nuit sans sommeil, et à son visage fatigué.

Au générique, elle n'avait pas vu le film. Elle rallumait son portable. Nicolas était déjà debout, sa veste sur le dos, son écharpe à la main. Sarah restait assise. Ce n'était pas le moment de partir. Son petit écran était en train de s'allumer.

Son portable avait immédiatement vibré. Un numéro inconnu. Plusieurs messages. Des fautes de français et des smileys. C'était Lev. C'était le visage de la nuit. C'était Lev d'aujourd'hui, d'il y a une heure lorsqu'il lui avait écrit. Il lui demandait si elle voulait bien l'aider à retrouver *un canette* à l'orange. C'était Lev de demain.

Sarah avait quitté son rang et descendu les marches d'un pas feutré, en s'imprégnant de la pénombre de la salle, des chuchotements des spectateurs satisfaits. Sur son chemin, elle avait fixé une poubelle, et s'en était approchée. Puis, d'un geste doux et solennel, d'une caresse presque, elle y avait placé le petit sachet bleu. On ne garde pas un souvenir de quelqu'un que l'on revoit.

Et elle allait revoir Lev.

III

« Lorsque nous avons décidé qu'il fallait qu'il parte, je ne l'ai pas regardé faire son sac. Je connaissais par cœur ce sac qui nous avait accompagnés à la montagne. Je m'étais rattrapée à ses sangles. Je connaissais par cœur les affaires qu'il y mettait en boule : ses vieilles chaussettes dépareillées, ses livres encore ouverts et cornés. Je connaissais par cœur les odeurs qu'il y versait. C'était les odeurs d'Antoine, celles que j'avais désirées en fixant sa nuque dans un couloir, celles que j'avais dévorées la première nuit, celles que j'avais aspirées toutes les suivantes, que j'avais goûtées et léchées, celles qui étaient devenues mon univers pendant deux ans. Ces odeurs, je les avais encore le long de mon cou, dans mes cheveux mouillés de larmes et de derniers baisers. Des baisers passionnés, fades, déchirés, résignés. Toutes ses odeurs, Antoine les reprenait pour lui-même, pour d'autres peut-être, peut-être un jour, en tout cas plus pour moi. Et il les renfermait là, devant moi, sa Marie, *ma Marie mère de Dieu*, dans son sac désormais plein à craquer, et tirait sur le cordon. Ses odeurs encore toutes chaudes allaient partir avec lui, dans son sac hermétique et sévère. Ces odeurs ne résisteraient que quelques jours dans l'appartement redevenu mien. Chaque coin sera privé d'Antoine, de ses errances, de ses gestes et de ses trêves. Dans le lit, il n'y aura plus le creux de nos deux corps. Quelques minutes plus tard, je m'y glissais seule, amputée de lui. »

« Les semaines suivantes, je refusais de revoir Antoine. Je m'empressais de vivre, de goûter autre chose, d'embrasser d'autres bouches. Je me précipitais vers les autres, vers les inconnus ou mes amis. Mes amis, j'avais l'impression de les voir différemment, comme si je les voyais pour de vrai maintenant que j'étais seule. Je débarquais chez Morgane. Elle m'installait contre elle, sous un plaid devant un DVD, et je restais dormir, sans avoir personne à prévenir, sans avoir à toucher mon portable. Je restais pour le plaisir d'un film, d'un réveil et d'un petit dej' ici. J'étais libre et j'étais là, entièrement là, pleine d'initiatives.

J'organisais soirée sur soirée, mes voisins me détestaient mais discutaient quand même avec moi et, lorsque je quittais mon appartement, je le quittais sans savoir si j'allais le retrouver. J'oscillais d'une fête à une autre, en électron libre, en transit dans le métro. Je m'empressais de mettre mes écouteurs et lançais la musique, enivrée par les premiers verres de vin. Je risquais le rouge à lèvres, dans les secousses de la rame, un centimètre, encore un autre.

J'espérais être regardée, par lui par exemple qui se relevait. Je l'imaginais me draguer. La musique continuait. Il sortait. J'imaginais les visages que j'allais rencontrer là-bas, chez un tel. Je vérifiais sur Facebook les codes des appartements. Je n'écrivais pas que j'étais sur la route. Je ne prévenais jamais personne de mon arrivée et j'arrivais. »

« Puis un soir, il est réapparu. Il venait de neiger à Paris. Son manteau me paraissait très fin. Antoine était pâle. Il toussait. Il était malade et voulait dormir avec moi une nuit, enfin, dans le salon. Il était tragique. Il me suppliait. Je pensais à Marcello Mastroianni dans *La Dolce Vita*, tout petit devant les belles épaules nues d'Anita Ekberg. Marcello lui disait en dansant qu'elle était tout : la mère, la sœur, l'amante, l'amie, l'ange, le diable, la terre, la maison ! Oui, c'était ça, disait Marcello à Anita, *ecco cosa sei*, tu es la maison, *la casa* ! Je préparais pour Antoine un lit de fortune, sur la moquette, là où nous avions couché ensemble la première fois. Moi aussi, j'étais donc sa maison. Il était revenu, il s'allongeait sur le sol, repenti. Il me disait des choses tendres. Il était fiévreux et délirait. Et moi je me tenais à cette poignée de mots confus, accroupie près de lui.

Son portable sonnait. Antoine était là entre mes mains. Je ne voulais pas savoir qui appelait. La sonnerie reprenait. Il y avait bien quelqu'un autre. Je glissais mon nez dans ses cheveux chauds. Il ne me sentait pas. Ça sonnait. Il n'entendait rien. Je l'embrassais. La sonnerie recommençait, intacte. Antoine n'était pas là.

Anita n'écoute pas lorsque Marcello lui parle. Elle danse. Moi, j'attendais désespérément qu'Antoine me parle. Je n'étais pas Anita, je n'étais pas *la casa*.

La sonnerie ne s'arrêtait pas. J'étais comme celle qui appelait dans le vide. »

« Pourtant j'avais voulu qu'il parte. Maintenant. Lorsqu'il était sorti, j'avais voulu qu'il emporte tout, dès ce soir. Et ne plus le revoir.

Je me souviens d'un retour de fac, un midi. Ça faisait un moment que je vivais seule. Et pourtant, ce jour-là, je n'ai vu que ce qu'il avait oublié. Ses dernières affaires m'obsédaient, elles étaient partout : derrière le canapé, sous le canapé, sous le lit, au fond du placard, dans le dernier tiroir de la commode. Encore des vêtements, des notes, des polycopiés pliés, et même, lorsque je m'agenouillais pour prendre un sac, des baskets neuves sous l'évier de la petite cuisine. Il les avait achetées pour des cours de badminton auxquels il n'était jamais allé. Je me relevais. Il y allait peut-être désormais avec ses amis brillants, ses amis que j'admirais, sûrement nuls en sport, nuls au badminton. Je regardais par la fenêtre de la cuisine, dehors il faisait beau. La petite cour était baignée de soleil. Oui, il devait aller au badminton désormais, avec ses amis maladroits sur leur vélo. Leurs lunettes fines au-dessus de leurs beaux sourires qui me faisaient chavirer tête la première. Il devait faire tout cela sans ses baskets, tant pis pour les baskets, ce ne serait jamais un problème pour lui, des baskets. Il était libre. Eh bien, les baskets ce ne serait pas un problème pour moi non plus, elles étaient déjà dans le sac-poubelle, avec tout le reste. J'avais encore mon manteau sur le dos et je descendais avec le sac gris tout neuf, à peine déplié, rempli seulement à moitié. Il fallait jeter ses affaires tout de suite. La petite cour, j'y étais désormais, mon sac-poubelle brillant au soleil. J'ouvrais d'un bras le grand couvercle de la benne verte et jetais le sac. Je tournais les talons en tendant l'oreille. *Bam*. Dans la poubelle close, les affaires d'Antoine étaient enterrées. Elles étaient à l'ombre. Je pouvais déjeuner. »

« Il a sonné en pleine journée. J'ai ouvert la porte sans l'attendre, et suis retournée dans le salon. Je ne savais pas que ce serait la dernière fois.

Il s'est assis près de moi en retirant son manteau. J'ai touché le col de sa chemise que je connaissais par cœur. J'ai caressé d'un doigt son oreille. Je me savais autorisée à tout. Il m'aimait encore. Il me l'a dit à ce moment-là. *Moi aussi je t'aime encore*. Nous nous sommes déshabillés. Encore. J'avais jeté toutes ses affaires. Nous nous embrassions sur ce reliquat. Aimer encore, ce n'était plus aimer.

Nous avons marché vers le lit, à moitié nus, sans nous toucher, les sentiments en déclin. La hâte n'était plus là. Encore. Nous nous aimions encore. Il me caressait tendrement les cuisses et les genoux. Nous nous aimions sûrement le temps que ça passe.

Puis soudainement le feu, le plaisir intense. Ses baisers les plus intimes ont pris mes jambes, tout mon corps au piège. Ma vue s'est brouillée. Le ciel de la chambre est devenu noir et blanc. Le regard d'Antoine fixait ma bouche ouverte de plaisir. Mon bassin se figeait de plus en plus, jusqu'à ce que je ne voie plus qu'une montagne que j'ai franchie et où je suis restée. Mes membres sont retombés, délectés. J'avais dans le sexe comme une petite pierre qu'il fallait laisser. Il m'embrassait doucement et remontait.

Je n'ai rien dit. Je ne pouvais rien articuler. Je savais que ces nouveaux gestes, ce plaisir fou, je les devais à une autre. Je voulais dormir. Je coinçais mon bras sous l'oreiller, sous ma joue. C'était impossible. Je ne pouvais pas sortir de ma douleur. »

« Je m'en allais à pied. Je ne voulais plus prendre le métro. Je voulais marcher, traverser tout Paris, sentir mon corps avancer. Avancer. Il fallait avancer. Nous nous étions quittés pour cela.

J'abandonnais les éclairages hivernaux de la Sorbonne. Dehors il faisait nuit. Avancer. Plus je m'approchais de la sortie, plus les courants d'air tapaient sous mon pantalon. Mes genoux devaient être rouges.

J'étais restée plus longtemps que les autres. Après une dernière cigarette, je repartais dans le hall désert. Je ne savais pas pourquoi. Sûrement pour subir, seule.

J'ai fini par me jeter dans la rue Soufflot, vent arrière. Les seules personnes de la rue semblaient s'être réfugiées au Quick, à l'angle du boulevard Saint-Michel. Le boulevard, la Seine à traverser, la rive droite à fouler. Le Quick, la première nuit avec Antoine. Il ne fallait plus y penser. Seulement avancer. J'étais frigorifiée. Mes pieds étaient durs, résistants. J'essayais de les briser à chaque pas. Souvent je soupirais. Une buée blanche s'échappait de ma bouche et me rappelait qu'à l'intérieur j'étais chaude, que j'étais vivante. *Je suis un être vivant qui erre dans Paris. Je suis un être errant que personne n'attend.* »

« Lorsque Malo m'a demandé : *Et toi, ma Marie, en ce moment?* en tirant sur sa clope, j'ai essayé d'être aussi détendue que lui. J'ai répondu que tout allait bien, et j'ai parlé, parlé. Dès le début, j'ai compris que j'en avais déjà trop dit, qu'il était trop tard, que je m'enfonçais. Il m'avait peut-être crue aux premiers mots mais là, ce n'était plus le cas, c'était certain. Il avait arrêté de hocher la tête. Il tirait de moins en moins sur sa cigarette, comme pour me dire que je pouvais lui dire la vérité maintenant, lui parler vraiment. Mais il ne disait rien. Je continuais de meubler. Il n'osait plus bouger. Alors j'ai envoyé le signal. J'ai écrasé mon mégot sur un dernier mot peut-être encore plus creux que le reste. Il m'a suivie. En arrivant dans le salon, il a ralenti. Il m'a dévisagée une dernière fois. Triste, il était triste pour moi. J'ai cessé de sourire. Pendant une seconde, je l'ai laissé voir mon chagrin. Je lui ai montré mes tourments nocturnes, mes après-midi perdus. Il a vu mes errances, ma solitude, le vide dans mon cœur chaque matin. Puis il m'a souri, soulagé de me voir enfin. »

« Je disais à mes amis qu'Antoine, c'était avant, avant aujourd'hui, avant le nouveau, et je me jetais sur l'inconnu. Je ne ratais rien, j'étais partout. Je prenais toujours un ticket pour le lendemain, au cinéma, au théâtre, à un concert. Je suivais n'importe qui, jusqu'au bout du moindre plan. Je ne mangeais que des pâtes, je piquais les vieux vêtements de ma mère et de mon père, je maigrissais à vue d'œil. Je buvais de la bière, du vin et du café. Je fumais de plus en plus et n'en avais pas les moyens.

Je ne fuyais jamais les regards. Je les cherchais. Le garçon ce soir-là au guichet du Gaumont, je faisais demi-tour pour acheter des Dragibus et lui parler. Le gars de la RATP qui m'expliquait que le RER ne passerait pas, et je ne partais pas. Les gens me plaisaient. Je le leur montrais.

Je ne m'autorisais à penser à lui qu'au travers de moi. Je fermais les yeux sur son absence, et gardais ce qu'il m'avait laissé. Je fonçais pleine d'assurance vers le garçon là-bas. Antoine, l'inconnu qui avait claqué la porte, m'avait abordée sur le pont des Arts. N'importe qui pouvait s'intéresser à moi. Antoine avait fini par venir chez moi. Il était resté la nuit, et toutes les autres. J'avançais, gonflée d'expérience. Antoine m'avait laissée décortiquer tous ses sens les plus intimes, pendant des heures et des heures, des centaines d'heures, de nuit comme de jour, dans le lit, sous la douche, par terre, partout ! J'embrassais le type sans douter une seconde du plaisir que j'allais lui donner. »

« Un matin, Antoine m'a envoyé un SMS pour me dire qu'il partait, qu'il quittait Paris. Je me suis dit tant pis pour lui, et tant pis pour elle, celle qui l'avait guidé jusqu'à son clitoris. Celle qui cherchait à l'appeler lorsqu'il était avec moi.

Antoine a disparu de ma vie et j'ai disparu de la sienne. »

Sarah taisait son premier rendez-vous avec Lev. Un café, dès le lundi après-midi, dans un bistrot du 19e arrondissement.

Elle avait laissé la porte vitrée couverte d'affiches derrière elle, et avancé sur le carrelage beige, le long du vieux comptoir. Il n'était pas là. *Sa-ah!* Elle s'était retournée au nom qu'elle avait porté sur le quai. Un nom sans *R* et sans gorge, emporté par une voyelle. Lev était dans l'embrasure de la porte.

Elle avait salué cette silhouette, encore inconnue, à contre-jour. Elle aimait toujours ses cheveux ras. Elle était revenue sur ses pas, jusqu'à la terrasse où Lev l'avait attendue. Elle avait tiré la chaise vert sapin pendant qu'il y retirait sa veste. Il l'avait vue entrer. Les pieds en plastique grinçaient sur le trottoir. Lev blaguait. Sarah s'était assise distraitement, les yeux fixés sur son propre jean. Elle n'osait pas le regarder. Elle avait posé un coude sur la table. Lev continuait. Il disait qu'elle l'avait trouvé *vilaine* au soleil, c'est pour ça qu'elle s'était cachée. Oui, mais elle s'était mal cachée, avait-elle souri enfin, en levant les yeux.

Il est des regards qui vous réconcilient avec tout, qui vous empoignent et ne vous relâchent pas.

Ceux de Lev étaient de ceux-là.

En un clin d'œil, Sarah avait retrouvé la complicité. *Un chips ?* Cette fois, ils étaient dehors, et leurs yeux ne se quittaient pas, vifs et fous.

Regarder Lev, c'était maintenir sa tête haute, pour le regarder de près.

Sarah a pensé aux regards passés, à ceux qui l'avaient vue grandir, ses parents. Elle n'y avait jamais prêté attention. C'est ce que lui disaient les yeux de Lev.

À chaque froncement, chaque plissement, il lui plaisait davantage. Elle avait envie de lui. Un manque surgissait dans sa poitrine.

Lev était drôle, imprévisible, irrésistiblement ouvert. À chaque mot, le manque restait et devenait plus profond. Le vide descendait jusqu'au ventre.

Regarder Lev, c'était une chute inéluctable et merveilleuse. C'était voltiger les pieds joints, toute droite sur une chaise en plastique.

« Du jour au lendemain, tous les copains du lycée ont déménagé à Paris, pour un Master ou un stage, et sont restés. Basile, lui, prenait le temps de m'appeler avant de passer chez moi. Je sortais la *moka* bien imprégnée de marc, et mettais les plaques électriques à chauffer. Malo, lui, montait jusqu'au palier, entrait et piquait ce qu'il pouvait dans les placards. Je ne pouvais m'empêcher de les regarder s'affaler dans le canapé. Ce qu'ils avaient partagé à Rennes, je le rattrapais enfin. Et, désormais, lorsqu'ils quittaient Paris, c'était avec moi. Je montais aussi dans la Twingo. La voiture n'avait pas quitté le trottoir et à l'intérieur c'était déjà les vacances. Nous ne partions que deux jours, pas si loin, et nous n'étions que quatre, mais c'était les vacances, les grandes, les vraies. C'était celles du lycée, des chamailleries sur la plage et des sauts du plongeoir qui résonnaient dans la voiture. Les rires la bouche pleine, les miettes sur les sièges et les genoux. Au bout de la route, une maison inconnue serait la nôtre.

Et elle était charmante cette maison, et ils étaient beaux ces arbres. Aux derniers rayons de soleil, nous restions dans l'herbe, collés les uns aux autres.

Je crois que tout se passera toujours dans les jardins. »

« La plupart du temps, on restait à Paris. On se retrouvait le vendredi soir, déjà patraques. La soirée de la veille, la gueule de bois, les pièges du jeudi fusaient. *Ils ont couché ensemble ?* Des nuits d'avant. *En décembre ?!* Une tournée. *Et j'étais le seul pas au courant ?* Encore une. Je pouvais boire trois pintes sans aller aux toilettes, cinq sans être malade le lendemain. Après je ne comptais plus. Avec eux, c'était toujours après. Malo suppliait le serveur d'attendre avant de fermer, et au passage le draguait un peu. Ça a marché quelques fois. *C'est juste à côté ! rue Briquet.*

Je ne les accompagnais pas. Je regardais leurs silhouettes partir et sortais mon portable. J'espérais souvent que quelqu'un décroche. Qui était-ce à ce moment-là ? Sûrement Julien. Julien décrochait en riant. Non, il ne dormait pas. Et oui, il pouvait me rejoindre chez moi.

Je continuais ma route en l'imaginant monter dans un taxi. Je pensais à ce que nous ferions dans le salon, dans le grand ascenseur froid et gris. Sous les lumières de Pigalle, je me faufilais entre les inconnus agités. Ils étaient tous aussi éveillés que moi. »

« Parfois, la nuit et la drague duraient, et s'ancraient dans mes semaines. Je suis tombée amoureuse, je crois. En tout cas, j'ai dit à quelques garçons que je les aimais. Je ne vois pas pourquoi j'aurais menti, à eux comme à moi. Des relations se sont officialisées. J'ai déballé des cartons et de la tendresse avec eux, avec deux surtout. Je me sentais bien. Oui, je pense que j'ai aimé de nouveau après Antoine. Pour de vrai.

Le numéro d'Antoine avait disparu de mon répertoire. Je ne cherchais pas à l'avoir mais je savais que je ne l'avais plus. Les rares fois où je parlais de lui, je disais *mon ex*, puis *un ex*. Un ex que je n'avais pas vu depuis des années. J'essayais parfois de me souvenir de sa voix. J'ignorais depuis longtemps où il vivait, et pour quoi.

Les mois passaient.

Au bout d'un moment, je me réveillais et n'osais plus regarder celui contre lequel j'avais dormi. J'étais nue mais je ne voulais plus partir en vacances, même un week-end. Je doutais même d'avoir aimé les derniers départs. Tout cela, évidemment, je le taisais.

Antoine n'était qu'un souvenir, Sarah. Je ne savais plus rien de lui.

Pourtant, je l'invoquais. Je l'invoquais comme on invoque les morts.

Tu te souviens de *L'insoutenable légèreté de l'être*, lorsque le narrateur explique que nous avons tous besoin d'être regardé par quelqu'un ?

Eh bien, moi, je faisais partie des personnes vivant *sous le regard imaginaire d'un être absent.* Tel Simon qui vit sous le regard d'un père qu'il n'a pas connu, je vivais sous le regard d'Antoine qui était parti.

Oui, dans ces moments-là, j'invoquais Antoine pour qu'il me réponde. Et je crois que c'est lui qui me disait que c'était ma vie, pas celle de celui qui était à côté de moi. Oui, c'est lui qui me disait qu'il était temps de partir, maintenant, qu'il fallait se lever, dire *je ne t'aime plus*, prendre mes cliques et mes claques, juste un sac, m'excuser si je le voulais, et fuir. J'étais capable de ne pas m'arrêter, de ne pas décrocher, de courir jusqu'à la gare. De sauter dans un train et de sentir le wagon se décrocher du quai. Je sentais sous mes cuisses le mouvement, le départ. Le train accélérait et j'inspirais. Profondément. Je n'avais pas respiré depuis des mois. Je respirais, seule. Non, je n'étais pas seule. Mes amis seraient là. Ils avaient toujours été là pour moi et je le savais. Le soleil se posait sur les champs de maïs. J'inspirais. Je pensais au lendemain, au matin. J'expirais. Bien sûr que je pouvais me réveiller seule.

Antoine, dans mes chimères, avait poussé ce train. »

« Entre-temps il y a eu ceux dont je n'ai pas envie de parler... »

Marie allumait une cigarette.

« ... Ceux qui m'ont rendue triste alors que je ne les avais même pas remarqués au début, lorsqu'ils entraient dans le bar pour nous rejoindre. Je surprenais ensuite un regard sur moi, très furtif, *a glance*. Je regardais alors son auteur se lever et sortir fumer. Puis il était de nouveau là, pas gêné. C'est ça qui m'a plu chez lui. L'aisance, la réplique séductrice, la malice. Oui, la malice dans les yeux qui brillent, qui crient qu'il fera tout pour m'avoir, c'est-à-dire rien.

Il attendait bien sage, dans un coin de la pièce, la main sur un paquet de clopes et les yeux vers moi, que j'approche et réclame. J'approchais. Son regard se vidait d'un coup. J'étais venue mais il s'en moquait, il n'avait pas l'air de comprendre pourquoi j'étais là. Je cherchais une histoire, confuse, incomprise... Il fallait rester distante. C'était une certitude, comme le silence... »

Elle retenait la fumée.

« Je devenais alors froide, montrais mon verre vide et m'apprêtais à repartir... »

Elle haletait.

« C'est à ce moment-là qu'il me retenait, conciliateur... La douceur revenait dans les yeux et dans la main. Les remarques étaient drôles. Il n'en faisait que sur lui. Il ne me ferait plus mal. Il ne me touchait plus que du regard, et de gestes lents et doux. Sa main frôlait mon bras et ce n'était pas involontaire. Nos corps savaient que le désir était là, qu'ils sortiraient ensemble du bar et s'entremêleraient pour la nuit. Et pourquoi pas dès maintenant, là, contre ce mur à l'ombre du bar, car ça se ferait. Il n'y avait pas d'attente, pas de promesse, Sarah. Il n'y avait plus de promesse depuis que j'avais avancé vers lui.

Je le savais... et pourtant je continuais. Je me disais que chaque caresse serait l'occasion de créer un manque, un besoin de moi. Je m'appliquais. Je relevais mes cheveux et souriais.

Je finissais par marcher dans son appartement, devant sa bibliothèque, dans un silence respectueux. Je m'asseyais sur son canapé dur, pas vraiment accueillant, le plus doucement possible. Je contractais les cuisses et les fesses pour prendre le moins de place possible, pour avoir l'air fine. Tous ces livres-là, je les avais lus, souvent dès le collège. J'en savais autant que lui, ça je l'avais bien compris. Et pourtant je n'étais obnubilée que par une chose : l'impression qu'il aurait de mon corps à son retour des toilettes. Oui, il était toujours aux toilettes. Moi, je n'osais pas y aller, et si j'avais dû y aller c'eût été en comptant chaque seconde, en scrutant le moindre bruit, encore plus crispée que sur le canapé ! Parce qu'il faut être une princesse au petit pois, Sarah, sur les toilettes comme sur le canapé, et même quand tu passes la journée en pyjama et que tu es seule.

Seule. J'aurais préféré être seule ce matin-là, peut-être. J'étais sous ses draps qui sentaient fort la lessive. Il avait l'air éveillé, il gigotait un peu, mais il ne me touchait pas. Toujours pas. Oui, il était réveillé et il ne se passait rien. Il fallait donc partir.

Je m'asseyais, nue et ramollie. Je n'essayais plus. Je laissais mes cheveux tomber sur mes vêtements que j'enfilais. Je venais de déployer toute ma sensualité, si elle existait. Il ne me regardait pas.

Il enfilait quand même un caleçon et me raccompagnait à la porte. Ses pieds nus et secs faisaient grincer le parquet. *Salut.* Je bafouillais quelque chose mais la porte était déjà fermée derrière moi. J'étais seule sur le palier. La porte blindée ne se rouvrirait pas.

Désormais il n'y avait plus que le bruit de mes chaussures dans les escaliers. Je chutais à chaque marche. Je descendais, vide et lourde... »

Marie écrasait sa cigarette sur le rebord de la cheminée.

« ...Plusieurs saisons se sont écoulées, peut-être même une année... »

Elle se rasseyait devant Sarah.

« Puis un soir, alors que je passais la nuit chez des amis, dans leur Clic-Clac, j'ai senti soudainement une tristesse profonde. Une solitude morne, inexorable, comme une claque. Quelque chose me rappelait que j'avais toujours été abandonnée, en fait. Je ne comprenais pas... »

Elle posait la main sur son propre genou.

« ... et j'ai compris que mon chagrin venait des draps. C'était juste à cause des draps, Sarah, de l'odeur de lessive. J'avais reconnu la lessive de chez lui. Cette odeur industrielle trop musquée qui, aujourd'hui encore, me rappelle que mon corps a beau se tordre nu devant un autre, eh bien il s'en fout. Voilà, c'est l'odeur du manque d'intérêt pour mon corps, pour moi. C'est le goût de mon oubli alors que je suis toujours assise sur son matelas. »

« Peu de temps après, je suis repassée sur la petite place où je déjeunais souvent avec Antoine, presque par hasard. Ça devait être deux ou trois ans après la rupture. J'ai cherché le panneau de la place pour apprendre son nom. C'était en fait une *placette*, oui ça existe. La *placette Jacqueline-de-Romilly*, au croisement de la rue de la Montagne-Sainte-Geneviève et de la rue Descartes. J'étais sûre d'être au bon endroit, tout était là : le restaurant libanais où nous achetions un sandwich *labneh* ou *sojok*, et l'ancienne École polytechnique. C'était également gravé dessus.

Mais jamais je n'aurais reconnu la fontaine. Elle aussi avait un nom. La *fontaine Sainte-Geneviève*. Dans mes souvenirs, elle était haute, jaillissante et bruyante. Elle me paraissait désormais modeste et terne. Ce n'était en réalité qu'un court muret de pierre, avec trois mascarons déversant de l'eau sur une grille, une grille à même le sol. La fontaine était en fait à taille humaine, et même en deçà. Je fixais l'eau qui coulait mollement sans déborder des barreaux à mes pieds, déçue. Il n'y avait pas matière à être nostalgique. La fontaine ne disait rien.

J'ai fait demi-tour pour redescendre la rue. Je me demandais si la station de métro par laquelle j'étais arrivée était la plus proche. J'étais sur le point de sortir mon portable lorsque j'ai entendu un bruit de cascade derrière moi. Je ne me suis pas retournée. L'eau coulait à flots. Plus je m'éloignais, plus la fontaine devenait haute, jaillissante, bruyante. Dans la bouche du métro, je n'entendais plus qu'elle. Antoine était assis à son pied, à côté de moi. Je fixais Antoine. Je voulais saisir tout de lui, tout ce qui était autour de lui. La nostalgie se rapprochait. La fontaine était belle. Antoine. La nostalgie me serrait la gorge.

De ses yeux colore le monde. Sous les néons de la salle d'études du sous-sol, lorsque j'étais en prépa, j'avais lu en lettres minuscules (ou était-ce la fatigue ?) qu'Emma Bovary colorait le monde de ses yeux.

De mes yeux, le monde était devenu incolore.

Antoine avait emporté avec lui la beauté des placettes et le bruit de l'eau.

La nostalgie me tenait par le col, comme pour me projeter contre un mur. Elle en restait là. Elle me laissait dans mon monde terni. »

Sarah baissait les yeux. Elle avait du chagrin pour Marie. Elle ne pouvait pas raconter la première douche avec Lev. C'était dans sa salle de bains, rose et vieillotte.

Elle l'avait attendu, recroquevillée dans la baignoire à peine remplie, les bras contre les genoux. Elle avait vérifié ses cheveux dans le robinet de chrome.

Elle tenait son dos droit. Autour du plafond, des bouquets de capucine décoraient les carreaux de faïence blanche. Elle imaginait l'ombre de Lev y survenir et éclipser les fleurs.

Les murs étaient devenus gris. Lev avait surgi en caleçon, devant la seule applique de la pièce, drôle et magistral. Du regard, il lui avait caressé les cheveux et le dos. Sarah s'était trouvée splendide. Elle avait relâché doucement sa posture, flattée et fière, et levé doucement un doigt vers le sous-vêtement de Lev qu'il avait retiré fissa, d'un déhanchement. Elle avait longuement contemplé son bassin, son sexe. Elle avait resserré doucement les jambes pour lui laisser une place auprès d'elle dans l'eau.

Lev y avait à peine déposé un pied que Sarah s'était accrochée à lui, et l'avait empêché de s'asseoir en le couvrant de baisers.

Ils étaient sortis de la baignoire dans un drôle d'état, aucunement lavés, le corps à moitié sec et trempé, et s'étaient précipités ainsi dans les draps.

« Les semaines continuaient de passer. Quelqu'un m'embrassait dans un canapé. Je me lovais contre lui. C'était doux, c'était bon. Je le désirais et m'empressais d'aller plus loin. Il rattrapait délicatement ma main et me regardait. Je le fixais alors. Ça ne me faisait rien. Je ne me sentais pas tomber vers lui. J'essayais de le cacher, je lui tendais ma nuque. Sous son rideau de baisers, je m'enfonçais de l'intérieur. Je ne l'aimerais jamais. Il n'y aurait jamais de plénitude. Il n'y avait que ce constat qui me tapait dans le cœur. Il embrassait mes seins. Je me demandais si j'étais encore capable de trébucher, de me tordre de douleur en pensant *Je t'aime*, de ne pas réussir à le dire. De ne plus sentir ni mes jambes ni mes bras, seulement son regard qui me disait que lui aussi, il m'aimait. Antoine. Les tendresses que je recevais m'arrachaient du canapé et me rappelaient Antoine. Elles me chatouillaient, sadiques, en me murmurant qu'il n'y aurait plus d'Antoine, plus d'apnée, plus de vertige. Je voulais Antoine. Je voulais arriver devant lui, lui mouiller tout le visage de baisers.

Je voulais qu'il vienne et balaye les baisers qui m'étaient donnés pour me couvrir de ses baisers *à lui*, ou même d'un souffle ou d'un mot. Peu importe. Je voulais que ce soit lui auprès de moi, qu'il prenne la place. Je voulais Antoine. Je voulais qu'il revienne, comme lorsqu'il avait débarqué de Cachan. Il avait sonné sans sac, sans affaires. Je lui avais ouvert et pris le cou pour qu'il tombe avec moi. Je voulais Antoine. Sur le palier, j'avais tout... »

La voix de Marie s'était peu à peu brisée.

« Quatre ans après la rupture, la ville a soudainement changé.

Je tremblais auprès des copains. Nous n'avions que vingt minutes de marche jusqu'à la prochaine soirée. Il pleuviotait. J'avais trop bu, les cheveux humides. J'avais froid. Malo me tenait par la taille et me frottait par moments le dos. Il ne fallait pas me secouer. Je rigolais quand même. La soirée qui nous attendait était une grosse soirée, chez Isaac et ses colocs qui n'avaient jamais peur de recevoir trop de monde, une centaine de personnes qui débordaient dans les couloirs, dans les chambres, sur les lits, sur les marches des voisins, contre les éviers. Il y aurait certainement celui dont j'avais un doute sur le nom, que j'avais suivi jusqu'à la cabine de douche. Le verre avait bougé avec ma paume. Mathieu. C'était Mathieu. Mathieu portait un gros col roulé et des Timberland. J'avais trouvé ça bizarre de l'embrasser dans cette tenue dans une salle d'eau. Nous tournions la tête de temps en temps pour surveiller la porte. Antoine.

Antoine. Sous la pluie, boulevard de Clichy, Malo me parlait d'Antoine. *Il m'a demandé comment tu allais.*

Malo avait revu Antoine. Il ne savait plus précisément quand.

En quelques pas, je recevais plus d'informations sur mon premier amour que je n'en avais eu en quatre ans. Il allait bien. Il était rentré à Paris en début d'année. Il avait commencé un apprentissage vers Goncourt.

Je regardais les routes trempées, aux aguets. Antoine était à Paris.

La ville et ses immeubles se renversaient sur moi, métamorphosés. Antoine était de retour. Chaque rue était soudainement trop chaude et familière.

À l'aube, en sortant de la soirée, il pleuvait encore.

J'enfourchais un Vélib', avec Mathieu. Au tournant d'une conversation, les lèvres arrosées de tonic, il m'avait murmuré qu'il habitait rue des Goncourt. *Goncourt.* Je m'étais empressée de le suivre.

Je roulais lentement derrière lui désormais, à l'affût d'un surgissement, d'un signe d'Antoine. »

Marie était agitée.

« Quelques jours plus tard, mon téléphone a sonné et j'ai décroché sans connaître le numéro.

Devant moi, il y avait un *Paris Match* de 1965 que j'avais acheté en ligne pour un article sur Agnès Varda, et mon assiette bariolée de ketchup.

Et au bout du fil, mon prénom. Mon prénom prononcé par la voix d'Antoine.

Je n'avais pas entendu sa voix depuis quatre ans. Elle m'appelait doucement au début, *Marie?* Elle tremblait, hésitante. *J'ai croisé Malo... Il m'a donné ton numéro...* Je me suis relevée et j'ai marché jusqu'à la fenêtre.

Antoine n'a pas parlé de la pluie et du beau temps. Il a tout de suite parlé de nous, des derniers mots qu'il m'avait dits, des derniers messages que je lui avais envoyés. Il décrivait les échos de ce qu'avait été, pour lui aussi, le premier amour.

Je parlais aussi, longuement. Je lui ai parlé des années sans lui, de la liberté, des départs, du fait qu'il était toujours un peu là. Je lui ai même parlé de mes morts et de Kundera.

C'était ça, parler avec Antoine. C'était tout dire.

L'oreille posée contre sa voix, je remarquais dans la rue un arbre que je n'avais jamais vu. Un jeune marronnier dont les branches enlaçaient le caducée d'une pharmacie.

Antoine revenait dans ma vie, et je rouvrais les yeux. »

« Je ne sais plus pour quelle raison, mais nous nous étions donné rendez-vous à Bobigny. Je l'attendais à la sortie du terminus, Bobigny-Pablo-Picasso, devant une sorte de petit kiosque qui ne servait que des cafés. Je tournais en rond, sur le béton parsemé de touillettes en plastique blanc et de traces de chewing-gum patinées. J'hésitais à sortir un livre. Mais c'était trop gros, trop cliché, et je n'avais aucun endroit pour m'asseoir ou m'adosser. J'étais à l'heure, en avance même, vu qu'il n'était pas là. Je m'en voulais d'être ponctuelle.

Petite, j'étais toujours en retard. Sur la route des goûters et des boums, ma mère me disait d'arrêter de regarder l'heure et de regarder dehors, la Rance, comme c'était beau ! Il fallait arriver dans les derniers... Elle tournait un petit bouton gris pour baisser le volume... et partir en dernier. Et elle ne réapparaissait que très tard, la nuit tombée, lorsque nous n'étions plus que deux perdus dans nos jeux de rôles, les estomacs bourrés de bonbons, loin des parents désorientés. Une voiture roulait sur les graviers. C'était elle, c'était ma mère. Elle laissait les clés sur le contact et débarquait dans le salon avec toute son énergie, toute sa jeunesse. Son petit corps m'enlaçait et m'embarquait sans excuse. J'étais fière de celle qui avait bravé les interdits, les horaires, pour me laisser jouer plus longtemps. Au volant, elle chantait en faisant bouger ses boucles brunes. Elle avait l'air de savoir. Elle me scrutait gaiement. Oui, c'était sûr qu'elle savait. Les dernières heures avaient été délicieuses, ponctuées de surprises que je croyais alors interdites. Je regardais mon héroïne qui avait l'air encore plus heureuse que moi. Une fois au lycée, elle me laissait dormir sur place.

Je n'avais connu que des retards : à l'école – la leçon avait commencé –, au cinéma – les acteurs étaient déjà en train de parler –, aux mariages – la messe était finie, tout le monde revenait sur le parking... et ce jour-là je n'avais pas été capable d'avoir un contretemps. C'est tout juste si je n'avais pas compté les stations de métro avant de partir. J'étais partie à ce rendez-vous comme on part à une conférence. Je me détestais d'être là, plantée sur le trottoir, entre ceux qui filaient droit vers une destination bien connue. Antoine, surtout, devait être en plein mouvement. Je regardais un panneau de Plexiglas qui couvrait une mosaïque de petites annonces, d'affiches de concerts et de menus. Sur une feuille verte, deux silhouettes dessinées dansaient sur une péniche. J'y voyais évidemment un signe. L'événement datait de plus d'un an. J'y voyais alors un signal, une alerte. L'affiche me disait que mon histoire, elle aussi, était terminée. Depuis quatre ans. Que je n'avais rien à attendre. Je n'avais rien à faire ici, avec toute ma nostalgie et mes genoux qui tremblaient. »

« Je l'ai aperçu au loin. Antoine n'était pas seul. Il avançait vers moi accompagné d'un garçon qui ne me disait rien. Un grand barbu que je ne cherchais pas à resituer. Ça devait être un garçon de ces quatre ans. Je m'en foutais. J'étais déçue qu'Antoine le laisse l'accompagner. Il lui avait même peut-être proposé de venir. Ils attendaient toujours pour traverser. Il me restait quelques secondes pour cacher ma déception.

Ils sont arrivés et Antoine a dit au revoir au barbu devant moi. Je ne pouvais m'empêcher de le regarder faire. Je renouais avec son visage, les joues rouges de la grande salle, les dents de travers des premiers baisers. Les dents de tous les baisers.

Puis ses joues, ses dents de travers, tout ce qui faisait que c'était lui, se sont tournés vers moi.

Je n'ai pas pensé à Rimbaud, ni au Petit Prince. Il n'y avait plus de place pour eux. Il n'y avait plus de sortie Pablo-Picasso. Il n'y avait plus de carrefour.

Il n'y avait qu'Antoine. Antoine et le temps que j'avais passé sans lui. »

« Nous avons commencé par un café. Il faisait jour. Je voyais sa timidité, ses hésitations. Encore un café. Sa bouche bafouillait. La mienne aussi. Je la laissais faire. Un premier verre. La gêne s'est soudainement envolée. Un autre.

Nous avons presque couru jusqu'au métro. Il n'y avait que quelques stations. J'étais auprès de lui. Paris défilait au-dessus de nous. Je souriais. Je me cramponnais. Encore quatre stations. Je trépignais. Quatre ans. Je serrais les doigts. Une poignée d'heures devant nous. Je voulais aller plus vite, plus fort. Deux stations. Je voulais être à l'étape suivante. Il était là et je voulais le toucher.

Nous sommes enfin entrés dans le bar, bondé de monde, inondé de musique. Nous nous sommes faufilés dans la foule tournée vers le concert, jusqu'à ce que j'atteigne une manche, celle de Malo, et tire dessus. Malo s'est retourné. J'ai lu : *Oh Antoine!* sur ses lèvres. J'embrassais doucement mon ami et tournais aussitôt la tête. Je savais qu'il chercherait à me faire signe, qu'il était préoccupé, qu'il se demandait si c'était une bonne idée tout ça, Antoine, et d'ailleurs c'était peut-être de sa faute. Je savais qu'il pensait tout ça, lui qui n'avait pas réussi à redresser mon visage absent. Et moi, ce soir-là, je baissais encore la tête, je plongeais dans mon sac et faisais semblant d'y chercher quelque chose. J'étais excitée. *C'est bon, ma carte bleue.* J'étais lâche. Malo cédait et regardait le concert. Il me laissait gérer avec Antoine.

Antoine ne faisait rien. Et il a dissipé tous les doutes.

Dès les premières pulsations, nos vestes se sont touchées. Elles étaient de trop. Il faisait au moins trente-cinq degrés. Nous les avons retirées avec peine contre les corps agités, puis nous nous sommes frayé un chemin pour les déposer dans un coin de la salle, sous un banc. Antoine m'a dit qu'on respirait mieux à cet endroit. On pouvait même apercevoir la scène. Je jetais un œil aux musiciens. Je m'en foutais. Je me foutais d'eux comme je me foutais de Malo. Ce soir-là, je ne rêvais pas de les connaître, ni même d'être à leur place. Je voulais rester à la mienne, dans la masse. Je voulais juste être la personne qui parle avec Antoine. »

L-E-V, trois lettres donc, trois lettres seulement. Souvent, Sarah prononçait son nom pour elle-même. Elle le prononçait comme on prononce un tout petit mot fragile. Elle le tenait au creux de la paume, tout doucement. Lev. Une syllabe. Un souffle. Comme *feu*. Oui, Lev, comme le feu sur un fleuve. Des flammes lointaines qui épargnent la peau et ne brûlent que l'intérieur. Lev, c'était l'étendue en trois lettres. Pour Sarah, c'était trop court et immense.

« Puis il y a eu ce moment. Un désir fort, et la douleur.

Le concert battait son plein. Mes amis n'étaient pas loin, mais ne nous voyaient pas. Antoine et moi dansions sur chaque battement. Enfin, ce n'était pas vraiment une danse, c'était plutôt des bonds pour dire que nous étions là et que nous aimions la musique. La chaleur était étouffante. Je n'aurais pas lâché une mesure, et attendais que quelqu'un me pousse contre lui, par accident.

Soudain, tous mes voisins ont ralenti. La musique est devenue calme, la salle *mezzo piano*. Il n'y avait plus que la voix d'un saxo et le rire du chanteur. Il a dit *slove*, en pouffant, et les cuivres ont suivi, *crescendo*. La foule s'est muée en binômes, tantôt comiques, tantôt sensuels. Antoine m'a regardée et j'ai avancé vers lui.

Nous, nous ne souriions pas. Je sentais mon air grave et voyais le sien. J'avais désormais les mains sur lui. Il avait les bras autour de moi. Je ne sentais rien. Je n'attendais que son visage. Nos corps se mouvaient peut-être, mais toute la tension était là, entre nos deux visages lents et lourds de souvenirs. Nos nez se touchaient, s'effleuraient d'une caresse solennelle. Ça durait encore. C'était là que nous nous retrouvions. C'était comme une noce. Pourtant j'avais mal. Je souffrais d'attendre encore. J'avais mal de sa bouche. Je ne sentais pas son corps, je ne sentais plus son nez. Je ne sentais que le manque de ses lèvres qui ne venaient pas et de ses mots qu'il ne disait pas.

Brusquement, Antoine a reculé. Oui, il venait bien de dire qu'il allait chercher quelque chose à boire. Il était parti. Il avait fui. Il savait qu'il me laissait et que j'avais mal. Autour de moi, les autres étaient toujours en duo. Il n'avait pas voulu m'embrasser. J'avais la nausée et mes amis me voyaient peut-être. J'étais seule à aimer, j'étais seule à attendre. Pendant quatre ans, il n'avait pas cherché à me voir, ni à m'appeler. Je ne m'en remettrais pas. Je n'avais ni veste ni sac. Je devais partir. Je me baissais vers mes affaires, effondrée. J'en voulais aux musiciens qui jouaient, comme s'ils avaient joué avec ma vie. J'en voulais à mon manteau, d'être toujours là, en boule sous le banc. Je l'attrapais et m'échappais. Je sortais. J'aurais préféré qu'on me le prenne, ce manteau. J'aurais préféré tout perdre pour oublier un instant que j'avais perdu Antoine ».

« Antoine était dehors, en train de discuter avec Morgane, Pierre, Malo, avec mes copains. *Tu allais partir ?* J'ai répondu que non, que je les cherchais. J'écoutais mes amis sans regarder Antoine. Morgane proposait de faire un *after* chez elle, à Montmartre, mais Basile était reparti commander une tournée. Ils allaient attendre un peu. Je sentais les yeux d'Antoine sur moi. Il n'avait pas voulu partir. Basile sortait, trois pintes dans les mains. Il en avait laissé deux sur le comptoir. Antoine y allait. Basile me tendait une pinte. Je regardais Antoine rentrer, consolée. Il voulait rester. J'arrivais à reparler, à plaisanter. Antoine revenait avec les énormes gobelets de blonde. Il n'y en avait pas assez pour tout le monde. J'acceptais d'en partager une avec lui. Nous buvions alors tour à tour, réconciliés autour du calice. Et comme si le verre nous guidait, nous nous isolions autour de celui-ci, à l'écart, là où le trottoir était plus éclairé et où les serveurs empilaient les tables. Il m'a laissé finir la bière, et m'a demandé comment je comptais me rendre chez Morgane.

Il m'a alors proposé qu'on y aille à pied, tous les deux, et de partir tout de suite.

J'ai hélé les copains. Nous en avions pour une heure, mais d'accord. Ils rigolaient. Ils me faisaient des grimaces, des clins d'œil, avec la discrétion qui est la leur. Je leur souriais. Je savais désormais qu'ils ne m'avaient pas vue effondrée, lâchée sur un *slove*. Je faisais comme si je ne m'étais pas vue non plus, et partais devant avec Antoine. »

« Nous avions pour nous la route la plus large et la plus sombre de Paris. Je la connaissais et en saisissais l'étendue. Pour autant, nous ne l'avions jamais parcourue ensemble. C'était un apprentissage de ces quatre ans. J'avais appris la ville sans lui, et il avait découvert d'autres lieux sans moi.

Le long du boulevard de la Villette, je lui ai parlé de Paris. Il voulait la quitter, encore. Quelle erreur. Nous n'avons croisé personne jusqu'à Jaurès. Puis nous sommes passés devant le canal, sans le voir.

C'est alors que nous sommes arrivés boulevard de la Chapelle, sur le pont qui survole la gare du Nord. J'ai chuchoté que je trouvais le paysage magnifique, et je me suis risquée, plus fort. Je lui ai dit qu'il n'y avait pas que le vert et le bleu. Je lui ai dit qu'il y avait aussi ces grandes grilles noires, les trains gris qui quittaient la Goutte-d'Or, l'acier argenté du métro qui surplombait nos têtes et nous emmenait vers Montmartre, vers la Seine, vers les lieux où je l'avais tant aimé.

Nos nez se sont caressés encore, mais cette fois nos lèvres

allaient se toucher et elles se touchèrent. Les quatre ans étaient là, et m'emportaient autant que la ville. Je retrouvais sa bouche, sa langue, ses dents. Antoine m'embrassait.

Puis il m'a pris le visage et m'a demandé de reculer. Il m'a murmuré de prendre mon élan, de lui sauter dans les bras et de l'embrasser encore.

C'est là que commençaient nos retrouvailles. Lorsque je courais vers Antoine boulevard de la Chapelle, sautais à son cou en souriant, et l'embrassais jusqu'à ce que j'entende : *encore*. Alors je reculais sans le perdre des yeux, je courais, je sautais dans ses bras et l'embrassais encore. *Encore*. Encore.

Oui, c'était ça, nos retrouvailles. Lorsque nous nous sommes montré qu'il restait quelque chose de nous. »

Sarah pensait à la chambre de Lev. Elle pensait à son propre corps lorsque, toute nue, elle sautait du lit l'après-midi pour fermer avec hâte les volets, et revenait vers son amoureux en courant.

Épilogue

Après quelques saisons, Sarah a eu trente ans.

Marie a claqué la porte de son nouvel appartement, rue Tesson. Elle, ça faisait trois ans qu'elle en avait trente. Son sac en jute rempli de vin blanc et de pistaches la brûlait aux épaules et la traînait vers le trottoir, jusqu'à sa voiture. *Une voiture à Paris, Sarah, tu imagines!* C'est ce qu'elle lui avait clamé un jour devant sa fenêtre. Sarah avait murmuré, sans regarder Marie, que Paris, elle, elle la quittait. Oui, c'était bien ce que Sarah avait dit. Ses yeux pétillaient. Elle allait vivre chez Lev, à Montreuil. Ils avaient décidé ça comme ça, un matin. Elle allait dormir chaque nuit avec lui. Elle n'arrêtait pas de sourire, et Marie avait préféré regarder en bas, tout en bas, au pied de l'immeuble.

Marie a bouclé sa ceinture, et pris un virage. Elle ne revoyait pas Antoine. Ses deux mains ne lâchaient pas le volant. Elle n'y pouvait rien. Ils s'étaient revus une dernière fois, sans se toucher, leurs corps séparés par une table en bois, les mains figées sur les tasses de café vides. Marie était épuisée de prononcer son nom pour elle-même, *Antoine*, de l'invoquer. Elle l'avait donc convoqué. Et une fois là, devant elle, Antoine n'avait pas parlé. Le serveur était venu et Marie avait payé l'addition. Deux pièces. C'était le prix à payer pour comprendre que leurs retrouvailles, ce n'était pas une rencontre. Ils étaient sortis. Des retrouvailles, c'est juste un goût de café qui reste dans la bouche.

Marie vérifiait son rétroviseur au rond-point. Elle aimerait dire qu'elle n'y pensera plus.

Une fois lancée sur le boulevard, elle a mis de la musique sans l'entendre, sans s'agiter comme le faisait sa mère. *Comme c'est beau, la Rance!*

Marie aimerait dire qu'elle est heureuse d'avoir grandi.

Au bout de la route, il y aura Sarah, ses trente ans, la fête, et même les copains du lycée. Elle baissait sa fenêtre pour sentir l'odeur des marchés. À un moment de la soirée, ils seront tous ivres. Un gâteau de bougies flottera dans le jardin. Sarah soufflera en s'échappant d'une étreinte de Lev. Basile et les autres chanteront. Marie les regardera. Elle chantera avec eux.

Marie aimerait dire que ça la rend heureuse. Elle accélérait encore. Elle aimerait dire que ce n'est pas grave de ne plus être aimée d'Antoine, d'avoir été totalement oubliée de lui, même. Ce n'est pas grave de ne pas réussir à dire : *Je t'aime* depuis des années, de ne jamais le sentir. Elle avait tout le reste.

Elle est arrivée boulevard de la Chapelle. Elle avait tout.

La voiture a traversé le pont, et Marie n'a pu s'empêcher de tourner la tête, sur sa gauche, et de regarder le trottoir surplombant la gare du Nord.

Elle n'a plus senti ses jambes, ni ses mains sur le volant.

Elle ne voyait que deux silhouettes. Les leurs, celle d'Antoine et la sienne, au fond de la nuit. Marie s'est vue courir vers Antoine. Et elle l'a vu, lui, la rattraper dans ses bras. C'était lui. *Il m'a dit qu'il s'appelait Antoine.* C'était elle. *J'ai répondu à Antoine que je m'appelais Marie.*

Ça a résonné dans son cœur.

Marie aimerait dire que ça n'a pas retenti plus fort que tout. Plus que l'amitié, la cale et les vagues.

Composition : PCA
Achevé d'imprimer
sur Roto-Page
par l'Imprimerie Floch
à Mayenne en mars 2022
Dépôt légal : mars 2022
Numéro d'imprimeur : 100124

ISBN : 978-2-71-525903-4/ Imprimé en France.

434179